Der Wassermensch

Ludwig Tieck

Impressum

Autor: Ludwig Tieck
Umschlagkonzept: toepferschumann, Berlin

Verlag: tredition GmbH, Hamburg
ISBN: 978-3-8424-9398-8
Printed in Germany

Ziel der TREDITION CLASSICS ist es, tausende deutsch- und
fremdsprachige Klassiker wieder in Buchform verfügbar zu
machen. Die Werke wurden eingescannt und digitalisiert. Dadurch
können etwaige Fehler nicht komplett ausgeschlossen werden.
Unsere Kooperationspartner und wir von tredition versuchen, die
Werke bestmöglich zu bearbeiten. Sollten Sie trotzdem einen Fehler
finden, bitten wir diesen zu entschuldigen. Die Rechtschreibung der
Originalausgabe wurde unverändert übernommen. Daher können
sich hinsichtlich der Schreibweise Widersprüche zu der heutigen
Rechtschreibung ergeben.

Tucholsky Wagner Zola Scott Sydow Freud Schlegel
Turgenev Wallace Fonatne
Twain Walther von der Vogelweide Fouqué Friedrich II. von Preußen
Weber Freiligrath
Frey
Fechner Fichte Weiße Rose von Fallersleben Kant Ernst Richthofen Frommel
Engels Fielding Hölderlin
Fehrs Faber Flaubert Eichendorff Tacitus Dumas
Eliasberg Ebner Eschenbach
Feuerbach Maximilian I. von Habsburg Fock Eliot Zweig
Ewald Vergil
Goethe Elisabeth von Österreich London
Mendelssohn Balzac Shakespeare Dostojewski Ganghofer
Lichtenberg Rathenau
Trackl Stevenson Doyle Gjellerup
Mommsen Tolstoi Hambruch
Thoma Lenz Hanrieder Droste-Hülshoff
Dach Verne von Arnim Hägele
Reuter Hauff Humboldt
Karrillon Garschin Rousseau Hagen Hauptmann Gautier
Damaschke Defoe Hebbel Baudelaire
Descartes
Hegel Kussmaul Herder
Wolfram von Eschenbach Schopenhauer
Bronner Darwin Dickens Rilke George
Melville Grimm Jerome
Campe Horváth Aristoteles Bebel Proust
Bismarck Vigny Voltaire Federer Herodot
Gengenbach Barlach Heine
Storm Casanova Tersteegen Grillparzer Georgy
Lessing Gilm
Chamberlain Langbein Gryphius
Brentano Lafontaine
Strachwitz Claudius Schiller Kralik Iffland Sokrates
Katharina II. von Rußland Bellamy Schilling
Gerstäcker Raabe Gibbon Tschechow
Löns Hesse Hoffmann Gogol Wilde Gleim Vulpius
Luther Heym Hofmannsthal Klee Hölty Morgenstern
Roth Heyse Klopstock Kleist Goedicke
Luxemburg Puschkin Homer Mörike
La Roche Horaz Musil
Machiavelli Kierkegaard Kraft Kraus
Navarra Aurel Musset
Nestroy Marie de France Lamprecht Kind Kirchhoff Hugo Moltke
Nietzsche Nansen Laotse Ipsen Liebknecht
Marx Ringelnatz
von Ossietzky Lassalle Gorki Klett Leibniz
May vom Stein Lawrence Irving
Petalozzi
Platon Knigge
Sachs Pückler Michelangelo Kock Kafka
Poe Liebermann
de Sade Praetorius Mistral Zetkin Korolenko

Der Verlag tredition aus Hamburg veröffentlicht in der Reihe **TREDITION CLASSICS** Werke aus mehr als zwei Jahrtausenden. Diese waren zu einem Großteil vergriffen oder nur noch antiquarisch erhältlich.

Symbolfigur für **TREDITION CLASSICS** ist Johannes Gutenberg (1400 — 1468), der Erfinder des Buchdrucks mit Metalllettern und der Druckerpresse.

Mit der Buchreihe **TREDITION CLASSICS** verfolgt tredition das Ziel, tausende Klassiker der Weltliteratur verschiedener Sprachen wieder als gedruckte Bücher aufzulegen – und das weltweit!

Die Buchreihe dient zur Bewahrung der Literatur und Förderung der Kultur. Sie trägt so dazu bei, dass viele tausend Werke nicht in Vergessenheit geraten.

Ludwig Tieck

1853

Der Wassermensch

1835

Die Gesellschaft kam theils fröhlich, theils verstimmt nach Hause. Guten Humors war die Frau von Wendel und ihre Tochter Lucilie; fast mehr als verdrüßlich schien der Geheimerath, und gelangweilt der Professor Sinzheim.

Kann man denn aber nie auf den jungen Menschen, den Florheim, rechnen? sagte die Mutter. Nichts ist so widerwärtig, als wenn ein Mensch sein Wort und die Stunde nicht hält.

Sie meinen, sagte der Gelehrte gähnend, die Langeweile, wenn sie unter mehr Personen wäre vertheilt worden, so wäre auf jeden Einzelnen eine kleinere Portion gekommen. Diese scheinbare Vertheilung der Arbeit hat sich aber nicht immer als probat erwiesen.

Lucilie. Ich habe mich für meine Person sehr gut amüsirt, und ich denke, meine Mutter wird auch keine Ursach zu klagen haben.

Mutter. Ich habe mich von Jugend an daran gewöhnt, meiner Lektüre, den Festen, Comödien und dergleichen, keine zu strenge Rechenschaft abzufordern. So bin ich fast immer zufrieden und unterhalten.

Geheime Rath. Wenn dies Mäßigkeits-System immerdar angewendet wird, so haben Sie, gnädige Frau, auch niemals das Entzücken der Poesie, die eigentliche Bedeutung der Kunst kennen gelernt. Wäre dies Ihnen ein einzigmal in Ihrem Leben begegnet, so hätte sich aus dieser glücklichen Stunde jene Critik, welche ich nur meinen kann, ganz von selbst entwickelt.

Mutter. Kann sein, aber auch möglich, daß es nicht so gekommen wäre. Habe ich doch in gebildeten Cirkeln die gelehrtesten Männer nur zu oft über die ersten Grundsätze der Schönheit, über Wahrheit und Natur streiten hören, ohne daß sich die lautesten und wortreichsten jemals vereinigen konnten.

Professor. Weil die Streitenden vielleicht nur hüben und drüben ein System geltend machen wollten, das ihnen erst war eingelehrt worden. Um mit Verstand streiten zu können, muß man über das Wichtigste und die Hauptsachen schon einig sein, wenn nicht in Ueberzeugung und Gedanken, wenigstens im Gefühl.

Lucilie. Begreiflich, wenn auch paradox.

Prof. Ei, warum paradox? Würden Sie es der Mühe werth finden, Fräulein, mit einem so Albernen oder Unwissenden Krieg zu führen, der die anerkannten größten Dichter, die Sie verehren, entweder gar nicht kennt, oder sie mit jenen in eine Reihe stellt, die wir alle ignoriren dürfen, oder sie verachten müssen, wenn wir sie in unsre Kenntniß aufgenommen haben?

Lucil. So weit haben Sie ganz Recht; wenn man Mozart, Gluck und Händel kennt, wie mag man sich von diesem und jenem begeistern lassen, der auch vielleicht von vielen unsrer Zeitgenossen hoch gepriesen wird? Und doch muß sich der Enthusiast hüten, in seinem Eifern nicht jenen Geistern einer zweiten und dritten Region Unrecht zu thun. Erleben wir nun gar, wie Menschen, welche glauben, und es auch deutlich aussprechen, daß sie an der Spitze der Nation stehen, und die Blüthe ihres Jahrhunderts sind, dasjenige, was wir längst als vollendet anerkannt haben, herabwürdigen, es mit Füßen treten, und es als das Schlechte, Verwerfliche bezeichnen, so ist es uns Armen zu verzeihen, wenn wir auf Momente an uns und der ganzen sogenannten Bildung irre werden.

Prof. Aus dieser Gegend, dem allerneuesten Modewesen des Mißverständnisses, sollte ein aufsteigender Zweifel Sie nicht erreichen.

Could such inordinate –
Such poor, such bare,
such mean attempts, –
Accompany the greatnes

Of thy blodd,
And hold their level
thy pricely heart?

Mutter. Auf Deutsch?

Prof.

Wie könnten solche niedrige Gelüste,
Solch armes, nacktes, liederliches Thun – –
Sich zu der Hoheit deines Bluts gesellen,
Und sich erheben an dein fürstlich Herz? –

So spricht nämlich der König Heinrich der Vierte von England zu seinem scheinbar mißratenen Sohne, dem nachher berühmten fünften Heinrich, und deshalb auch dieses vertrauliche Du!

Mutter. Ja, ja, ich sehe, wieder wird der junge Mann gemeint, dem sie immerdar Unrecht tun. Der es mit der ganzen Welt so gut meint, und sich das zu Gemüte zieht und verbessern will, woran Sie alle in einem gewissen Leichtsinn nicht denken. Lassen wir jedem Menschen seine Überzeugung, wenn er es nur gut meint. Daß er uns so oft vergeblich auf sich warten läßt, fällt mir verdrießlicher, als alle seine politischen und ästhetischen Gesinnungen mich interessiren.

Indem wurde die Thür hastig aufgemacht, und ein junger wohlgebildeter Mann trat herein, welcher dreißig Jahre alt sein mochte, und im Angesicht die Zeichen einer frischen Heiterkeit und des menschlichen Wohlwollens trug, die ihm das Vertrauen der Menschen erwarben. Er grüßte freundlich und sagte dann: ich sehe, man empfängt mich nicht mit der gewohnten Güte, weil ich nicht, meinem Versprechen gemäß, Sie in das Concert begleitet habe.

Verzeihen Sie, Herr Rath, sagte die Mutter, wir wollten eigentlich mit unserm Florheim zanken, der sich auch heut noch nicht hat sehen lassen, wir glaubten, daß er wenigstens jetzt kommen würde.

Der Glückliche ist zu beneiden, sagte der Rath Eßling, er wird vermißt, ihn will man schelten, nach mir fragt niemand, ob ich komme oder gehe, oder nicht erscheine, ist gleichgültig.

Der Geheimerath gab ihm lächelnd die Hand, und Lucilie wies ihn auf den leeren Stuhl hin, der neben ihr stand. Sie thun allen, und auch mir, sehr Unrecht, sagte sie dann mit ausgezeichneter Freundlichkeit.

Eßling. Heut Mittag übersandte mir der Minister eine sehr wichtige Arbeit, die schnell vollendet werden mußte. Ich glaubte, noch vor dem Concert fertig zu werden, schrieb und schrieb, und überhörte in meinem Eifer jede Glocke; erst vor fünf Minuten habe ich die Schrift absenden können, und ich habe lieber das Concert aufgeben mögen, als die Gesellschaft der Freunde heut Abend.

Mutter. Sehr verbindlich, und wir müssen Ihnen am Ende noch Dank dafür sagen, wenn unsre Augen Sie im menschenvollen Saal dort vergeblich gesucht haben.

Eßling. So theile ich meine Sünde doch mit dem ernsthaften Florheim, und so sind wir hierin eines Weges gegangen, da wir sonst immer auf ganz verschiedenen Straßen wandeln.

Lucilie. Seyn Sie artig, Eßling; ich verbiete in unserm kleinen Cirkel jeden bürgerlichen Krieg.

Eßling. Der doch nicht immerdar zu vermeiden seyn wird, da gerade unser noch fehlender Freund es ist, der mit seinen Waffen nach allen Richtungen hin sticht, und keinen von uns in Ruhe seinen – doch um davon abzubrechen, wie haben Sie sich im Concert unterhalten?

Mutter. Vortrefflich.

Lucilie. So, so.

Geh. Rath. Alles höchst langweilig.

Prof. Es war durch und durch unerträglich und abscheulich.

Eßling. Da scheinen alle Farben des Beifalls, der Gleichgültigkeit und des Widerwillens in Ihrer kleinen Gesellschaft vereinigt gewesen zu seyn.

Geh. Rath. Wer ein Concert giebt, sollte doch darauf denken, daß die einzelnen Musikstücke auf gewisse Weise mit einander harmoniren. Ich will nicht ein Quodlibet hören, das vom Gemeinen bis zum Tragischen alle Tonarten und Spielweisen durcheinander schreien läßt. Ja, schreien. Denn unsre Sänger scheinen das jetzt für Leidenschaft und Ausdruck zu halten. Man erwartet Genuß, und wird auf die Folter gespannt.

Prof. Das Aergste aber ist die Geschmacklosigkeit, daß zwischen dem Gekreisch und Wirrwarr der Töne Gedichte von den Bühnenkünstlern deklamirt werden. Man kann nach meinem Gefühl nichts Widersinnigeres zusammen stellen. Ein lyrisches oder erzählendes Gedicht muß jeder Gebildete sich selbst am besten vorlesen können, und es erscheint mir kindisch, daß dergleichen uns wie eine Art Kunstwerk ausgeboten wird.

Eßling. Mich wundert nur, daß diese Künstler, die sich so gern die Denkenden nennen, die sich im Stolze jetzt so hoch stellen, sich zu dergleichen hergeben, fast wie Schulkinder etwas herzusagen, oder ein lieblich musikalisches Gedicht willkührlich und unziemend in einen übertriebenen Ausdruck hinauf zu reißen, wodurch in diesem gesteigerten Vortrage die Absicht des Dichters in der Regel ganz vernichtet wird.

Prof. Dieser Stolz ist es gerade, mein Freund, weshalb sie sich oft zu diesen Exhibitionen drängen. Wie jeder, der sich Talent zutraut, oder des Beifalls der Menge gewiß ist, schon auf dem Theater seine Rolle am liebsten aus dem Zusammenhange reißt, um aus einer leidenschaftlichen Stelle ein Deklamirstück zu machen, das er nicht mehr seinen Mitspielern, sondern dem Parterre mit übertriebenen Accenten zueifert, so ist er im Concertsaal oder Salon noch mehr isolirt, und der Einzige, und dies ist das, was Sie mit Recht als eine zu niedrige Aufgabe eines Theater-Künstlers charakterisiren, sein höchster Stolz, und er meint hierin eine ihn ehrende Aufgabe am schönsten lösen zu können.

Geh. Rath. Freilich verhält sich die Sache so, und ich glaube auch, daß sie dem wahren Theater nichts weniger als förderlich ist. Aber sonderbar ist es immer, wenn wir die Wendung betrachten, die die sogenannte Bühnenkunst bei uns genommen hat. Wie gute und schlechte Köpfe, große und kleine Geister, wie in einem festen Bündnisse, und mit allen Mitteln dahin streben, auf unserm Theater das Theater zu vernichten. Wie Sie bemerken, muß jeder gebildete Mensch sich und den Seinigen ein schönes Gedicht genügend vortragen können, und indem dies ruhig geschieht, ohne auf Kunst

Anspruch zu machen, ist es ohne Zweifel die wahre und richtige Art. Kommt noch eine wohllautende Stimme hinzu, und ein feines Gefühl, um fast unmerklich die Verse und Strophen zu cadenciren, so bleibt wohl nichts zu wünschen übrig. Auch habe ich bemerkt, daß diejenigen Personen, welche durchaus auf kein Schauspieler-Talent Ansprüche machen können, Lieder, Romanzen und Gedichte am lieblichsten vortragen. Ist dies nun wahr, was hat eine gelesene oder gesprochene Ballade, oder selbst ein großes Gedicht in einem Concertsaal zu thun? Jener Spruch: *Sonate, que me veux tu?* paßt auf die neuern preisgegebenen Verse noch viel mehr, die sich wie verirrte, arme und weinende Kinder in dem glänzend lärmenden Gedränge dieses vielfachen Klanges höchst trübselig ausnehmen.

Mutter. Es ist aber doch hübsch und unterhaltend.

Lucilie. Sie nehmen die Sache zu ernsthaft, und sind nicht billig genug.

Prof. So viel ich weiß, war Iffland der Erste, der auf diese Art den Gang zum Eisenhammer in großen Concerten vorlas. Früher nahm wohl mancher Reisende, der sein Talent nicht auf dem Theater zeigen konnte oder wollte, seine Zuflucht zu einzelnen berühmten Scenen, die er in Sälen darstellte. So versuchte es der nicht unbegabte Mann, der vor Jahren unter dem Namen Patrick Peal in Deutschland reisete. Aber auch dies ist ein Mißverständniß, das Bild wird ohne Rahmen hingestellt, die Leidenschaft ohne Motive und Vorbereitung. Der Zuschauer kann nicht getäuscht seyn, er kann nur Stimme und Geberde beurtheilen, nicht aber das Spiel des Deklamators, ob es richtig, oder natürlich sei.

Eßling. Täuschung, Illusion, da kommen Sie, alter Freund, auf veraltete ehemalige Forderungen und Bedürfnisse der Zuschauer, die längst vergessen sind, von vielen sogar verlacht werden.

Prof. Wenn ein großer Schauspieler, wie Iffland, die Mode des Recitirens von Gedichten aufbrachte, so haben nun Dichter schon Gedichte für diesen Mißbrauch ausgearbeitet. Selbst Göthe hat zum Beispiel einen Monolog von Manfred für den Deklamator übersetzt, ja er hat den Versuch in Weimar selbst gemacht, die Glocke von Schiller dramatisch auf dem Theater aufführen zu lassen. So etwas muß Zuschauer und Liebhaber irre machen, und es heißt wirklich das Theater vom Theater vertreiben. Am schlimmsten aber werden die Schauspieler selbst an ihrer Bestimmung irre, wenn alle Abschweifungen, denen sie sich nur zu gern hingeben, durch so große Autoritäten sanktionirt werden.

Lucilie. Waren aber die ehemaligen Melodramen, wie die Ariadne, eben etwas Besseres? Sagten sie wohl der ächten Theaterkunst zu?

Mutter. Ach! und die Medea! Wie erhaben! Und der himmlische Pygmalion! Und Iffland mit seinem tafftnen Mantel!

Alle lachten, und da die alte Dame empfindlich zu werden schien, sagte Eßling: Es ist nicht zu verargen, wenn ein harmloses Gemüth sich den glänzenden, und von vielen bewunderten Erscheinungen seiner Zeit hingiebt. Es war eine zu weit getriebene Eitelkeit Ifflands (ich sah ihn noch in meiner frühen Jugend), diesen sonderbaren Monolog zu deklamiren, da seine Stimme, Antlitz und seine ganze Persönlichkeit der Aufgabe so sehr widersprach, daß sie durch ihn lächerlich wurde, da sie außerdem nur thöricht ist.

Prof. Jene damaligen sogenannten Mono- oder Melodramen gehörten gewiß nicht dem guten Geschmack an, oder dem wahren Theater. Sie waren aus einer bewußtvollen experimentirenden Nachahmung der Alten hervorgegangen, ein Bestreben, das noch in keiner Literatur etwas Vortreffliches erzeugt hat. Man wollte nun die Pausen der Deklamation mit Musik ausfüllen, nach Art und Weise, um sich das griechische Theater zu vergegenwärtigen; so stritt nun Stimme und Musik, diese letztere malte oft, beide störten und unterbrachen sich, keine konnte sich genug thun, und es entstand so etwas wahrhaft Barbarisches, das sich fast mit dem Tutti und Unisono des Chors in der Braut von Messina messen kann. Göthe schrieb schon früh seine wahrhaft poetische Proserpina in dieser Manier, die er später, als ein herrliches Fragment und mißverstandene Absicht, scherzend seinem Triumph der Empfindsamkeit einverleibte. In einer spätern Zeit scheint er diese kecke Verbindung der höhnenden Parodie und des schönen Monologes wieder zu tadeln, aber nach meinem Gefühl mit Unrecht: denn für sich kann solche lyrische Deklamation kein Ganzes bilden: so ohne Motiv, Ankündigung, Veranlassung oder ohne Uebergänge hingestellt, kann es nur wie ein Fragment aus einer verloren gegangenen Tragödie erscheinen. – In jener Zeit, als diese poetischen Ungeheuerchen Mode waren, dienten sie einigen tragischen Schauspielerinnen, um die ganze Kraft ihrer Stimme zu entfalten, und den Ausdruck des Gesichtes, so wie ein reiches Geberdenspiel zu entwickeln. Jene Virtuositäten fielen aber in die goldene Zeit unsrer Bühne. Die Natur und Wahrheit war so anerkannt, ja der Zuschauer forderte sie, und selbst die Manier entfernte sich nur um ein Geringes von dieser Basis, daß dieser Luxus der Virtuosität der eigentlichen Darstellung des Schauspieles keinen merklichen Eintrag that. Nachdem freilich durch sehr löbliche Versuche das Herkommen der Bühne und die wahre Schule gestürzt, alle Tradition vergessen, und also die richtige Nachahmung daseiender Meisterschaft nicht mehr möglich ist, haben die Oerindur und Jaromir ganz anders in das arme Theater hineingewüthet.

Mutter. Wohin werden wir uns mit diesen Reden noch verschlagen?

Eßling. Ja wohl. Erzählen Sie mir lieber, was deklamirt wurde, daß ich mich etwas in Ihre Gesellschaft dort mit meinen Gedanken versetzen kann.

Lucilie. Außer einigen andern Gedichten wurde »der Taucher« von Schiller, mit großer Anstrengung gesprochen: ein Gedicht, das ich von allen unsers Schiller am wenigsten liebe.

Geh. Rath. Ja, der junge hübsche Mann quälte sich außerordentlich ab, das Zischen des Schaumes, das Sprudeln des Wassers, und das wilde Arbeiten des Meerschlundes mit seiner Stimme auszudrücken. Dem Dichter schon ist es unmöglich, und darum kann uns auch seine Malerei nicht täuschen, wie nun vollends der arme Rezitirende? In einem Schauspiele könnte uns der Verunglückte vielleicht durch Bild, Gebärde, stummes Entsetzen des Schauspielers vor das Auge gezaubert werden: aber nicht auf diese Weise, wie es hier Dichter und Deklamator versuchten. Darum sind auch die Kompositionen dieser Ballade so harsch und unerfreulich gerathen.

Prof. Der Schäferjunge beschreibt im Winter-Mährchen halb komisch und halb zum Entsetzen ein im Sturm untergehendes Schiff, so daß wir Sturm und die versinkenden Menschen zu sehen glauben. So Ariels Beschreibung des Sturms. Fügt sich hier der wahre Schauspieler den Versen, so sehn und erleben wir Alles mit.

Jetzt trat nun endlich wie erschöpft und übermüdet der lang erwartete Florheim zur Gesellschaft. Der junge Mann war blaß, sein Auge matt, und doch klagte er über Hitze und Beängstigung. Als ihn alle fragten, warum er das Konzert versäumt habe, und hier so spät erscheine, sagte er nach einer flüchtigen Begrüßung der Damen: Ach, meine Teuren! Liegt denn nicht alles, möchte ich doch beinahe sagen, die ganze Welt auf meinen Schultern? Die Zeit des Lebens, die Tage werden mir zu kurz. Ich habe im Museum heut den Merkur, die Schwalbe, den patriotischen Esel, die schreiende Fama, den Nachtwächter, das Pasquill auf den Minister, den witternden Luchs zusammt den Krokodil-Eiern lesen und verschlingen müssen, da das Gerücht immer wahrscheinlicher wird, daß ein Verbot alle diese Journale nächstens verbieten, oder nicht mehr über die Grenze lassen wird. Erkennt man nun die Not der Welt, den Untergang der Freiheit, beherzigt alle diese Anklagen, überzeugt sich immer mehr, wie die sogenannte Kunst und Wissenschaft den Menschen nur erniedrigen, und ihn zum Kampfe, der uns allen bevorsteht, unfähig machen, sieht man, wie große Geister, Poeten und Philosophen, Geschichtforscher und Gelehrte sich entweder ganz der Aufgabe der Zeit entziehen, oder gar mit sophistischen Künsten Adel, Feudalismus, Monarchie und Pfaffentum verteidigen, so kann man gewiß weder Zeit noch Interesse für Konzerte, Theater und dergleichen übrig behalten.

Geh. Rat. Ihre alte Krankheit, junger Mann, scheint immer hartnäckiger zu werden. Sie sollten bei älteren wohlmeinenden Freunden Arznei und Hilfe suchen.

Florheim. Die alte Krankheit ist vielmehr die, an welcher die älteren Herren leiden, alles Große, Nächste, ihrer Aufmerksamkeit nämlich nicht würdig zu achten und ihr Leben an unbedeutenden Kleinigkeiten zu verlieren. – Doch, wovon war eigentlich die Rede?

Lucilie. Von Schillers Romanze »der Taucher«, welche wir heut haben deklamieren hören.

Florheim. Ah so! – Doch ist Schiller unter uns Deutschen noch der einzige Poet, dessen Genius die Zeit erfaßt hat, und ihr gewissermaßen vorausgeeilt ist. Sein Posa im Carlos, sein letztes Werk, Wilhelm Tell, diese Gesinnungen der Freiheit, dieser Tyrannenhaß erheben ihn zu den Unsterblichen.

Geh. Rat. Er ist ein wahrer Dichter und kann darum dieses zu einseitige Lob verschmähen.

Lucilie. Gründet sich nun diese Romanze wohl auf irgend eine Wahrheit? Es ist freilich töricht, bei einem Gedichte so zu fragen, aber da hier der Dichter selber das Lokal, wo die Geschichte sich ereignet, genau beschreibt, so möchte man auch die Personen sich als wirkliche vergegenwärtigen.

Prof. Gewiß ist der Dichter hier durch eine wirkliche Begebenheit, wie sie wenigstens oftmals erzählt wird, und selbst von gleichzeitigen bedeutenden Schriftstellern, zu dieser Ballade oder Romanze veranlaßt worden.

Mutter. Wenn mir ein Gedicht gefällt, so ist es mir jederzeit unangenehm, wenn ein Kenner und Gelehrter mir nachher die trockne Wirklichkeit gegenüberstellt. Nicht wahr, lieber Herr Florheim?

Florheim. O verzeihen Sie, ich war in Gedanken, und habe schon wieder vergessen, wovon die Rede war.

Mutter. Von Schillers Taucher.

Florheim. Ah so! Mir sind sonst die Dichter gleichgültig, aber dieser unser Schiller ist wegen seiner Freiheitsgesinnung – aber mich dünkt, das habe ich schon einmal gesagt.

Mutter. Mir deucht, schon sehr oft.

Prof. Der kühne Schwimmer oder Taucher, welcher hier im Gedicht als Knappe oder schöner Jüngling charakterisirt wird, ist eine Person, die sich gegen das Ende des fünfzehnten Jahrhunderts in Italien so bekannt gemacht hatte, daß man schon in der ersten Hälfte des sechszehnten in Spanien die albernsten und tollsten Mährchen von ihm herum trug, die selbst alle Kinder kannten, denn es ist kein anderer, als Nicola, oder Cola der Fisch, wie man ihn gemeinhin nannte, und wie ihn auch Cervantes einmal in seinem Don Quixote erwähnt. Man nannte ihn Fisch, weil er recht eigentlich ein Wassermensch, der im Meere mehr, wie auf der Erde lebte, war.

Lucilie. Also hat es wirklich dergleichen Menschen gegeben, die das vermochten?

Prof. An das Unglaubliche und Mährchenhafte grenzt es immer, wenn wir auch die Zeugnisse sonst glaubwürdiger Männer nicht so unbedingt abweisen dürfen. Jeder aber kann bemerken, daß es Menschen gibt, die gleichsam schon mit der Geburt und im Wachsthum Fähigkeiten entwickeln, welche andere nur durch viele Mühe und Uebung erringen. Beim Baden und den Schwimm-Anstalten zeichnen sich gleich die Knaben aus, die mit dem Element des Wassers auf einem vertrauten Fuß stehen, die fast ohne Anweisung schwimmen, unterzutauchen wagen, und denen in diesen Uebungen so recht wohl und behaglich ist. Andere zittern vor der Fluth, frieren, und befinden sich fast in einem fieberhaften Zustande. Viele von diesen überwinden ihr ganzes Leben hindurch diesen Widerwillen gegen das nasse Element nicht. Sie tun auch besser, es zu vermeiden. Wie mancher hat seiner Gesundheit damals geschadet, als durch Rousseau die Abhärtungstheorie nach Deutschland zu uns herüber kam. Es gab eine Zeit, in der man Baden und Schwimmen für die unerläßliche Pflicht eines jeden Menschen hielt, wie man späterhin die Turn-Anstalten und ihre Uebungen uns als unerläßliche und als die höchsten Tugenden einpredigen wollte.

Florheim. Und das sind sie auch gewiß. Daß man sie verdächtigte, selbst an vielen Orten verbot, war das erste Zeichen vom Verfall des Jahrhunderts und der herannahenden Knechtschaft.

Prof. Wem also im Wasser wohl ist, wer sich dem Element befreundet fühlt, der kann es, besonders wenn er dafür organisirt ist, mit der Zeit auch wohl beherrschen. Und wie dem Vogel die Luft das Fliegen möglich und leicht macht, so hilft dem ächten Schwimmer das Wasser, statt ihn zu hemmen und zu ermüden; und so wird öfter von Menschen erzählt, denen es leicht wurde, eine Strecke das Meer zu durchschwimmen, so weit und fern, daß Lord Byrons berühmter Versuch dagegen fast ein Nichts wird.

Lucilie. Ist es nicht schön, wenn die Mannigfaltigkeit der menschlichen Natur sich an allen diesen Sachen offenbart? Schon in der Kindheit erwacht oft die Leidenschaft, die aus dem Knaben den großen Mann entwickelt. Wovor uns graut, – in die Eingeweide der Erde zu steigen, in dunkeln Schachten der Gebirge gebückt, vom Tageslicht entfernt, herum zu kriechen, das gerade begeistert schon früh den zukünftigen Bergmann. Einem andern pocht das Herz, so wie er nur Pferde und Waffen sieht. Der entzieht sich dem heitern Kreise seiner Gespielen, und sitzt im einsamen Winkel, weil er ein altes bestäubtes Buch aufgefunden hat, wo ihm lesend die Stunden wie Augenblicke vergehn. Von andern habe ich wohl gehört, die ihren Eltern oder Lehrern wie trunken oder rasend in die Wildniß hinein fortliefen, als sie zum erstenmal eines Waldes ansichtig wurden. Sie denken nachher nichts anders, als Wild und Geschoß, die Abenteuer der Jagd sind ihnen die wichtigsten. Wer so aus der Leidenschaft und Begeisterung seinen Beruf findet, ist nachher in seinem Stande gewiß immer glücklich und ausgezeichnet.

Geh. Rath. Vorausgesetzt, es ist nicht Müßiggang oder Affektation, was die jungen Herrchen zu einem scheinbar poetischen Berufe hintreibt.

Prof. Abgesehen aber von Begeisterung und Leidenschaft, die manchen Menschen zu seinem Beruf hintreiben, ist es auch eine poetische Sehnsucht, eine magische Sympathie, die uns mit den Elementen, vorzüglich dem des Wassers, befreundet. Wie sehnend sieht unser Auge dem Fluge der Vögel nach, wie möchten wir uns mit dem Adler in den reinen blauen Aether, oder zu der höchsten unzugänglichen Klippe des Gebirges hinauf schwingen. Hier vergessen wir im Phantasiren immer, daß unsre Organisation dem widerspricht, und daß Kälte und dünne Luft uns in jener Region tödten würden, die selbst der blumige zarte Schmetterling besser erträgt. Am Abend, im Dämmer der Bäume, oder im schwülen heißen Nachmittag, wenn wir Schatten suchen, wenn die kühle Grotte uns lockt, wie winkt uns der Strom dann mit seiner Frische, mit den murmelnden Wogen. Wie sanft und kosend redet uns das Spiel der Wellen zu, und singt Kummer und Trauer ein, wie erwacht oder träumt dann die tiefste Sehnsucht in unsrer Brust.

Lucilie. Ja wohl, und wie herrlich, klar und einfach hat dies unser Dichter geschildert:

> Das Wasser rauscht, das Wasser schwoll,
> Ein Fischer saß daran,
> Sah nach der Angel ruhevoll,
> *Kühl* bis ans Herz hinan.

> Und: – O wüßtest Du, wies Fischlein ist
> So *wohlig* auf dem Grund,

Du stiegst herunter, wie Du bist,
Und würdest gleich gesund. –
Lockt Dich der tiefe Himmel nicht,
Das *feucht verklärte* Blau –
Nicht her in ew'gen Thau?

Prof. Es ist gewiß ein großes Meisterwerk, dieses kleine Gedicht, und nichts schadet unserm Taucher so sehr, als wenn wir uns dieser süßen und einfachen Töne erinnern. Doch wollen wir auf diesen zurück kommen, den das wüthende zornige Element in der grausen Gestalt von Ungeheuern verschlingt, wie jener Fischer von den weichen Armen der Sehnsucht liebkosend zum Tode oder Glück hinunter gezogen wird.

Gegen Ende des fünfzehnten Jahrhunderts also war ein Mann an den Küsten von Neapel und Sicilien bekannt, der Nicolaus, nach gemeiner Abkürzung Cola hieß, und der, weil er fast immer im Meere lebte, unermüdet sich als kühner Schwimmer zeigte, nur selten, da er mit dem Element immer vertrauter wurde, sich an das Land begab, vom Volke auch wohl oft im Scherz und nachher aus Gewohnheit *Cola pesce*, Nicola der Fisch, genannt ward. Er konnte, so erzählt man, stundenlang unter dem Wasser zubringen, er schwamm meilenweit, im größten Sturm mit derselben Sicherheit, wie bei stillem Meer, er trieb sich so an den Küsten des Landes umher, von einer Insel zur andern schwimmend. Er war von Catanea gebürtig, und bald von Fischern und Seefahrern gekannt. Sah er ein Schiff, schwamm er, war es noch so weit, ihm nach, stieg an Bord, aß, trank und sprach mit den Leuten; dann ließ er sich Briefe geben, da-, dorthin, nah und fern, die er in einem ledernen Gürtel bewahrte, den er deshalb immer auf dem nackten Leibe trug. Wenn man ihm der Art nichts geben konnte, nahm er wenigstens Grüße mit an Verwandte und Freunde, zu denen er hin schwamm. Das Leben im Meer war ihm so vertraut und nothwendig geworden, daß er über Mißbehagen und Brustschmerzen klagte, wenn er sich einige Stunden auf dem Lande aufgehalten hatte. Da er arm war, und von geringen Eltern erzeugt, so war es diese Leidenschaft und Fähigkeit, die ihm seinen Unterhalt gab. Er holte Muscheln, Austern, Corallen, und was er sonst fand, von den Klippen und aus dem Grunde des Meeres. So wurde er auch als Bote und Courier für Geld von einem

Hafen zum andern, von einer Insel zur andern geschickt. So lebte und nährte er sich, so trieb er sich bei Bekannten und Fremden um, anfangs als Wunder angestaunt, nachher als gewöhnlich und nützlich betrachtet, bis sich nun der Tag nahte, an welchem diese Kraft und Geschicklichkeit, als wenn es die Meergötter endlich müde wären, daß ihnen ein Sterblicher mit solchem Uebermuthe trotzen dürfe, ihn in sein Verderben zogen. In dieser Entwickelung seines Schicksals weichen nun die Erzählungen von einander ab; und dies könnte den Liebhaber des Zweifelns vielleicht bewegen, der ganzen Sache keinen Glauben zu schenken, oder die Schilderung wenigstens für übertrieben zu halten.

Geh. Rath. Hier finde ich nun freilich einen andern Mann, als in unsrer Ballade. Ein erfahrner, abgehärteter Schwimmer, der nur im Wasser lebt, den das Volk als solchen kennt, der selbst dem rauhesten Seemann als ein Wunder erscheint, indem er lange Zeit auf dem Grunde des Meeres zubringen kann, und der alles dies nur als ein Spiel, scheinbar ohne große Anstrengung, vollbringt. Da begreift es sich, daß ein wißbegieriger oder neugieriger Fürst ihn verlockt, auf den Grund der Charybdis hinab zu steigen, um Kunde aus dieser furchtbaren Unterwelt herauf zu bringen. Wie sich's aber ein König könnte einfallen lassen, seine Höflinge und Kammerherren dort hinunter zu senden, die vielleicht sich noch niemals im Schwimmen versucht haben, ist mir immer unbegreiflich gewesen. Und nun unterwindet sich ein Knabe, ein schwacher Jüngling, von dem wir auch nicht wissen, ob er schon im Schwimmen und Untertauchen etwas gethan hat, dieser ungeheuren Wagniß.

Lucilie. O pfui! verehrter Freund, daß Sie das Wunderbare so prosaisch haben wollen. Was würde nach dieser Ansicht aus aller Poesie, und gar aus der Ballade und Romanze, die doch wohl am wenigsten geeignet find, derlei Rechenschaft abzulegen?

Geh. Rath. Doch, schönes Mühmchen, auf ihre, auf eine poetische Weise; und wenn wir die Zeit hätten, ließe sich's an allen schönen Gedichten dieser Art auch genugthuend erklären. Und nun der König, der für einen zweiten gelungenen Versuch sogar die Tochter verspricht? Abgesehn von einer unbegreiflichen Neugier, ist doch Schiller hier selbst für einen Poeten etwas zu freigebig.

Lucilie. Und ich sage, daß Sie mit Gefühlen und Poesie knickern. Kann denn der uns unbekannte Jüngling nicht von altem Adel seyn? Der König will ihn zum Ritter schlagen. Schön ist er, das sehn wir aus dem Gedicht. Die junge Prinzeß interessiert sich auffallend für ihn: möglich, daß schon längst eine geheime Liebe statt fand, die sich nun mährchenhaft erfüllen soll. Wie viel Romanzen mag er schon im Stillen über seine hoffnungslose Liebe und ihre Schönheit gedichtet haben.

Geh. Rath. Wenn dies so wäre, würde er sich schwerlich, bloß um den goldenen Becher zu holen und zu besitzen, zu dem lebensgefährlichen Sprunge entschließen. Dies hätte ihn vielleicht in den Augen seiner Geliebten herabgesetzt.

Lucilie. Sie rezensiren das Gedicht, als wenn es eine Tragödie wäre. Und kurz und gut, möchten Sie auch Recht haben, ich sage: es soll nicht seyn, und der Dichter hat Recht!

Geh. Rath (lachend). Das ist die glorreichste Art, einen Streit zu beendigen. Und warum auch nach Gründen und Beweisen suchen, wenn man dies in seiner Gewalt hat?

Prof. Bei einem großen Feste in Messina, bei welchem sich unter der großen Masse des Volkes auch der wunderbare Nicolas eingefunden hatte, fiel der König darauf, zu wissen, wie es wohl unten in dem Grunde der bekannten Charybdis aussehen möge, unter dem Strudel, welcher schäumt und tobt, der in wiederkehrenden Zeiträumen zum Theil verschluckt wird, und dann aus der Tiefe wieder nach einer Pause emporbrauset. Nicolas weigerte sich lange, so viel Unglaubliches er auch schon in seinem Leben unternommen hatte, sich dieser Tiefe, in welcher die Fluth nie zu rasen aufhört, anzuvertrauen. Er fürchtete, daß er sich im Sturze dort in so enge Felsenriffe verlieren könnte, daß es ihm unmöglich würde, den Rückweg wieder zu finden. Da warf der König den Becher hinein, und Nicolas, auf vielseitiges Zureden der Umstehenden, die seine Eitelkeit reizten, stürzte sich ihm nach.

Geh. Rath. Die Sache bleibt bei alledem poetisch genug.

Prof. Sonderbar ist es, daß die Zeitgenossen, die die Geschichte erzählen, hier in wesentlichen Punkten abzuweichen scheinen. Einige nennen den Friedrich, andere den Alfonso als diesen neugierigen König von Neapel. Friedrich müßte jener Oheim des grausamen und allgemein verhaßten Alfonso gewesen seyn, der, als der Neffe verjagt war, ebenfalls nur kurze Zeit regierte, um dem katholischen Ferdinand von Spanien den Thron zu überlassen. Am besten würde die Geschichte auf jenen Ferdinand passen, den Feind und nachherigen Freund des berühmten Florentiners *Lorenzo Magnifico*. Er regierte auch nur wenige Jahre vorher, denn nach seinem Tode wechselten die Fürsten sehr schnell.

Geh. Rath. Die Sache müßte sich doch erforschen und feststellen lassen.

Prof. Ich werde Ihrem Winke folgen und die bedeutenden Stellen im Jov. Pontanus und Alexander ab Alexandro wieder nachlesen, da ich jetzt nur aus dem Gedächtniß erzähle.

Geh. Rath. Der Fischmensch kam doch nun wieder an das Tageslicht?

Prof. Trügt sich mein Gedächtniß nicht ganz, so giebt es auch hierüber eine verschiedene Leseart. Einige sagen, er sei so wenig, wie der goldene Becher, wieder erschienen.

Geh. Rath. Diese Abweichung wäre in einem so wichtigen Punkt für die Kritik die bedeutendste. Findet sie sich wirklich, so dürfte man am Ende den ganzen Vorfall, und auch wohl die übermenschliche Kunst des guten Nicola bezweifeln.

Prof. In meiner frühesten Jugend, Jahre vorher, ehe Schiller diese Ballade dichtete, las ich von dieser wunderbaren Begebenheit. Ich habe seitdem das Buch nicht wieder finden können, weil ich mir den Titel und Autor damals nicht merkte. Ich weiß nur, daß meine jugendliche Imagination außerordentlich von den Bildern und Schilderungen ergriffen wurde, welche der kühne Taucher aus dem Abgrunde herauf gebracht hatte. Er erzählte nehmlich von ganz fremden und unbekannten See-Ungeheuern, die dort in der Tiefe wohnten, zwischen den engen und weiteren Felsenriffen und Schlünden, die wie ein ungeheures Labyrinth sich dort unten ausstreckten. Am grausigsten ist mir die Vorstellung zurückgeblieben, von ungeheuren riesenhaften Polypen, ein gespenstisches Mittelding von bewußtlosem Thier und widerwärtigem tauben und blinden Pflanzenwurm. Er erzählte, wie sie in ungeheurer Größe dort

an den kantigen Felsen fest angewachsen seien, einige habe er ge-
sehn, in deren haarigen Flossen oder Armen große Fische sich win-
dend und krümmend ruhten, die diese Polypen an sich drückten
und aussogen. Indem er dies Schauspiel schaudernd betrachtet,
haben sich ihm von einer andern Seite schon zwanzig dieser dün-
nen und langen Arm-artigen Sehnen entgegengestreckt, die ihn
ebenfalls hätten umschlingen wollen, um ihn nach dem noch größern festsitzenden Polypen hinzuziehen, damit er dem grauen farb-
losen ungestalten Scheusal zur Speise dienen könne. So habe er
schnell den Becher ergriffen, und die wiederkehrende Fluth be-
nutzt, um sich wieder aus den Felsenriffen und Spalten hervor zu
arbeiten, und das Tageslicht wieder zu schauen.

Lucilie. Schiller deutet in seinem Gedicht auf ähnliche Greuel, die
der Taucher geschaut hat.

Prof. Nun berichtet die zweite Erzählung: der König, dessen
Neugier noch mehr sei gestachelt worden, habe einen zweiten Becher hinunter geschleudert, und dem Schwimmer außerdem eine
große Summe Gold gezeigt, die er ihm schenken wolle, wenn er
auch den zweiten Becher dem Abgrunde wieder entführe. Nicola,
so entsetzt er von den unterirdischen Schauspielen gewesen, habe
sich von Eigennutz und Gier nach Geld blenden lassen, sei nach
einigem Besinnen wieder in den Strudel gesprungen, aber niemals
wieder erschienen.

Eßling. Die Begebenheit bleibt immer anziehend, und die Phantasie arbeitet nach dem Schlusse das Wunderbare weiter aus. Es
könnte vielleicht einem andern Dichter vorbehalten seyn, sie glücklich endigen zu lassen.

Geh. Rath. Warum nicht? In unserer neuen Literatur ist das noch
zu wenig geschehen, daß sich verschiedene Kräfte an demselben
Gegenstand versuchen.

Eßling. Hier sollte es vielleicht nicht so gar schwer seyn, da das
Wunder so nahe liegt. Nur müßte es keine zweite Romanze werden
sollen.

Mutter. Nur müßte man keinen Aberglauben hineinbringen wollen. Besser ist immer noch die getadelte Liebe der Königstochter.

Eßling. Werthe Freundin, was nennen wir Aberglauben? Wir, auf unsern heitern Zimmern, bei unsern alltäglichen Beschäftigungen, von Gesellschaften zerstreut, in den Begebenheiten der Welt und unserer Stadt mitlebend, wir haben gut und leicht vernünftig seyn. Aber denken Sie sich den einsamen Bergmann, tief unten in seinem Schacht, nur den Schall seines Hammers vernehmend, von Gestein eng umgeben, in welchem er die Erze erkennt – und die Arbeit der wunderbaren Maschinen, seine Mitgesellen, die er wieder sieht – hier, wenn einmal ein Unglück einbricht, wenn plötzlich ein reicher Gang gefunden wird, entwickelt sich von selbst der Glaube an Ahndung und Vorbedeutung. Jeder Stand, der mit der Natur lebt, hat seinen eigenen Aberglauben und Erscheinungen, die er sich vom aufgeklärten Stadtbewohner niemals wird ausreden lassen. Man mache den alten vielversuchten Jäger nur treuherzig genug, so wird uns der vernünftigste von ihnen Wunderdinge erzählen. In der Dämmrung der Frühe, im Mondenschein tauchen in Gebirg und Wald Erscheinungen auf, die, selbst erlebt, sich nicht so leicht wegräsonniren lassen. Dem alten Matrosen und dem Schiffskapitän wird sein Schiff ein lebendes Wesen, dem er Charakter, Launen, Tücken, aber auch Tugenden zuschreibt. Er wird sich erzürnen, wenn man ihm eine hölzerne Maschine, wie jede andere, daraus machen will. Immer wiederholt sich die Sage von dem ungeheuern Seethier, dem Kraken, der so groß wie eine Insel ist, und in jedem Jahrhundert ein oder zweimal von gläubigen Seeleuten oben bei Norwegen gesehen wird. Diesen Meerfahrern sind die alten Tritonen und Nereiden, ja Gott Neptun, immer noch nicht gestorben. Die wundersamsten Gestalten und Sagen tauchen ihnen oft aus dem ältesten Element empor, und nur die Dichter fehlen, um auf Griechenweise den Spuk ausbildend zu verschönern. –

Mutter. Ei! ei! Herr Rath, ein Geschäftsmann und ein solcher Vertheidiger des Aberglaubens!

Lucilie. O, das ist allerliebst! Da lerne ich Sie ja von einer ganz neuen Seite kennen. Aber ich versichere Ihnen, es steht Ihnen ganz hübsch.

Mutter. So? Aber was wird denn unser Florheim dazu sagen? Ich wette, der denkt ganz anders.

Florheim. Wenn ich denn meine ganz aufrichtige Meinung sagen soll, so behaupte ich folgendes: man sollte nie ein Concert geben, in dem man nicht zu Anfang oder zu Ende die Marseillaise mit voller Instrumental-Musik und vielstimmigem Gesang aufführte, damit die Menschen daran erinnert würden, was denn eigentlich die Hauptsache sei. So wie man ehemals die Buchdruckerstöcke über oder unter die Kapitel setzte, oder in manchen französischen Büchern die Vignetten, so müßte kein Buch gedruckt werden, in welchem man nicht die Köpfe und Bildnisse der vorzüglichsten Freiheitshelden anträfe: kein Kochbuch, kein mathematisches, geographisches, philosophisches, oder wie sie nur immer Namen haben mögen, dürfte existiren, wo nicht die Bildnisse von Mirabeau, Washington, Franklin, Kosciusko, aber auch von dem verkannten Danton und Robespierre uns hie und da, unten, oben, entgegen leuchteten: damit der Mensch in allem Treiben und Thun erinnert würde, was ihm obliegt. Die Volkskalender für die Bürger und Bauersleute müßten den ganzen Monat Julius mit rothgedruckten Lettern aufweisen, damit auch der gemeine Mann immerdar inne würde, daß von der glorreichen Juli-Revolution das Heil der Menschheit ausgegangen sei, daß mit dieser Epoche eigentlich die wahre Geschichte beginne. Denn alles frühere ist entweder Fabel oder uninteressant. Und was soll uns die Kenntniß des nichtswürdigen Feudalismus und des blinden Pfaffenthums? Beide sind gestürzt, gleichviel auf welche Weise. Dann sollte man alle Bücher mit lateinischen Lettern drucken, damit kein Auge mehr die mißgestalte gotische Schrift der Deutschen wahrnehme. Ist aber Vorurtheil und Eigensinn zu stark gegen diese Verbesserung, nun so müssen sich wenigstens alle Edlen vereinigen, daß man jene Substantive, wie »Fürst, Herr, König, Herzog, Graf, Junker« u. s. w. nicht mehr mit einem großen Anfangsbuchstaben, sondern mit kleinen Lettern drucke, damit schon das Kind, indem es buchstabiren lernt, die Geringschätzung gegen diese Namen einathme. Und was kann man noch heut zu tage gegen die Juden haben? Sind sie nicht wiederum das auserwählte Volk? Sind sie nicht unsre wahren Freiheitshelden, die ächten Makkabäer, die echtesten Deutschen? Wer kämpft so in den vordersten Reihen?

Alle sahen den Sprechenden an, der Professor, der etwas von der Arznei zu verstehen glaubte, nahm die Hand des jungen Mannes, um seinen Puls zu fühlen.

Florheim. Sie denken wohl gar, daß ich im hitzigen Fieber spreche?

Geh. Rath. Ach nein, nur die vielen Journale sind Ihnen zu Kopfe gestiegen. Aber ein junger Mann, der nun bald mein Schwiegersohn werden soll, muß sich mehr schonen, daß er nicht gar in dieser Fluth von Zeitschriften noch ersäuft.

Geh. Rath. Gewiß kann man auch des Guten zu viel thun.

Lucilie. Aber wir wollen den Patrioten nicht böse machen, sprechen wir lieber noch von jenem Wassermenschen –

Eßling. Der auch in den Wirbeln der Charybdis, und in den unterirdischen durch einander gähnenden Schlünden ertrank.

Florheim. Besser noch, als in den Akten oder zwischen wahnsinnigen Mandaten der sogenannten Regierung als Fürstenknecht.

Lucilie. O Himmel! Kehren wir doch friedlich zu jenem Niklas, dem Fisch, zurück, über den wir vorher noch so ruhig und lehrreich sprachen. – Ist nun die Erzählung, die wir eben vernommen haben, nicht auch vielleicht eine Novelle zu nennen? Jetzt, da man alles so tauft?

Prof. Die ältesten Italiäner, wenn sie die Begebenheit erzählend und ohne alle Bezweiflung vorgetragen, hätten sie wahrscheinlich Novelle genannt. Denn sonderbar und neu ist dieser Untergang und diese Gabe des Schwimmens gewiß.

Lucilie. Könnte man nicht auch nach unserm neuern Bedürfniß oder unsrer Mode eine Novelle daraus machen?

Eßling. Gewiß, und zwar in mehr als in einer Manier. So wie wir schon sonst in der Landschafts-Malerei ein Genre, die Seestücke hatten, wo Häfen, Stürme, Schiffe und Meer in mannigfaltigen Aufgaben dargestellt wurden, so haben jetzt Engländer und Franzosen eine eigne See-Romantik. So könnte an das Schicksal dieses Mannes das ganze Schifferleben der Neapolitaner und Sicilianer geknüpft werden, die Beschreibung aller dortigen Inseln und Buchten: einen guten Contrast hiezu würde der feuerspeiende Aetna geben. Ein

Schiff müßten wir nun besonders mit jedem seiner Segel, mit jeglichem Tau und Brette kennen lernen, damit, wenn es nun untergeht, wir ihm, wie einer Person, Thränen nachweinen könnten. Die interessanteste Figur, natürlich ein wunderschönes, vornehmes, reiches Mädchen, wird von Nicola aus dem Schiffbruch gerettet, durch diese kömmt eine Verbindung mit dem Hof und dem Könige, und so weiter.

Lucilie. Alle Achtung vor Coopers Talent, so glaube ich doch, daß seine Manier zu weitschweifig ist. Die französischen Seedichtungen zu lesen, die sich auch viel Ruf erworben, habe ich noch nicht den Muth gehabt.

Eßling. Da Ihnen, mein Fräulein, diese Weise nicht zusagt, so ließe sich auch um die Figur des menschlichen Fisches her ein Conspirations-Roman reihen und bilden. Niemals hat es in jenen Gegenden an Aufruhr gefehlt, und besonders waren damals die Barone und der Adel ihren Fürsten aufsässig, und das mißgeleitete Volk ließ sich, wie schon oft, bethören. Um die Verschwörer zu entschuldigen, vielleicht zu rechtfertigen, wäre die Figur jenes grausamen Alfonso, welcher von Adel, Volk und Geistlichkeit gleich sehr gehaßt wurde, nicht uneben. Niklas dient der Parthei gegen den Tyrannen, die Verschwornen erhalten Nachricht, keiner begreift wie, da kein Schiff auslaufen darf, da der Sturm das eine, welches, der Natur und dem Verbote trotzend, es wagte, an Klippen zerschmettert ist. So ist dieser Nicola durch seine Schwimmkunst die Seele der ganzen Unternehmung. Einige Edlen schmachten in den Gefängnissen, die Schönheiten weinen um die Geliebten. Nicola schwimmt und thut das Mögliche. Endlich erfährt der Tyrann von diesem Wundermenschen, und wie sehr er schon durch diesen ist beschädigt worden. Er darf aber den Mann des Volkes, der fast bei allen eine abergläubische Verehrung genießt, nicht so gerade zu bei dem Kopf nehmen und einsperren, oder gar hinrichten, wie er am liebsten möchte. Er fingirt also eine naturhistorische unersättliche Wißbegier. Das große Fest wird in der Nähe des Meeres gefeiert. Der König wirft den Becher in den Abgrund. Er ist so klug gewesen, an die Wiederfindung des Pokals noch außer dem Wunsch, zu erfahren, wie es dort unten aussieht, die Begnadigung jener geliebten Edelleute zu knüpfen, für welche das Schaffot schon errichtet ist. Alles steht auf dem Spiel. Die Blicke der schönsten Damen sind flehend zum großmüthigen Fische hingerichtet, Liebe, Ehre, Freiheit, das Vaterland ruft, und er stürzt sich in das Wasser-Labyrinth, nicht einem, sondern tausend Minotauren entgegen. Mit Angst wird er von allen Partheien zurück erwartet, der König zittert, und ist doch überzeugt, daß es jeder Menschenkraft unmöglich ist, aus jener Hölle wiederzukehren. Wie alles noch in der höchsten Spannung ist, und viele sich schon der Verzweiflung ergeben haben, siehe, da erscheint der kühne Schwimmer, auf den hochschäumenden Wogen reitend, plötzlich wieder. Allgemeiner Jubel. Der König verändert in Erstaunen und Verdruß mit jeder Minute die Farbe. Er sinnt auf Bosheit. Die Begnadigung kann er nicht wieder zurück nehmen, aber denjenigen will er vernichten, der ihn dazu gezwungen hat. Er verspricht also dem Schwimmer eine hohe Würde und großen Reichthum, wenn er den zweiten noch größern Goldpokal aus dem Abgrund heraufholt, dazu will er dann außerdem ein Merkliches von der Accise nachlassen. Bist Du also, schließt er mit verstelltem Hohn, ein Mann, der sich und das Vaterland liebt, bist Du tapfer und Patriot, so hole auch diesen, und erzähle mir die Fortsetzung von den Wundern des tiefen Meeres, so bist Du reich und wirst auch ein Mitglied meiner Akademie. Nicola sieht ihn mit einem seltsamen Blicke an, und läßt dann sein scharfes Auge im Kreise der Edlen und des Volkes umhergehen. Er rüstet sich zum zweiten Sprunge, da, wie in urplötzlicher Begeisterung, bewegt ein Wille, ein Gedanke die Tausende. Man nimmt den Tyrannen und wirft ihn unter Jubelgeschrei in den Abgrund, damit er dort in eigner Person seine naturhistorischen Forschungen fortsetzen könne. Alfonso zog sich fliehend zwar in ein Kloster zurück, da er aber doch nach kurzer Zeit starb, so ist das von keiner Bedeutung. Denn die verschiedenen Gruppen der Freiheitshelden, die vielen Gesinnungen, die sie äußern können, sind für diesen kleinen Verstoß gegen die Wahrheit ein mehr als hinlänglicher Ersatz.

Florheim. Geben Sie die Hand, Eßling, umarmen Sie mich recht herzlich, ich habe Sie bis dahin mißverstanden. Schreiben Sie selbst dies edelste Werk. Ja, Freund, so muß sich die Poesie in unserm Jahrhundert gestalten, wenn sie das Menschengeschlecht nicht immer unheilbarer verweichlichen soll.

Geh. Rath. Ei, ei, Herr Rath, wenn Sie nur über solche fern liegende Erfindungen die Wichtigkeit Ihres Amtes nicht vergessen, und darüber Ihre Beförderung vernachlässigen.

Eßling. Sie wissen, verehrter Freund, daß ich nichts drucken lasse: dies spaßhafte Improvisiren scheint mir ganz unschädlicher Natur.

Prof. Wüßten Sie denn also vielleicht noch eine dritte Manier, diesen Meergegenstand zu behandeln?

Lucilie. O bitte, fahren Sie fort, so aus dem Stegereife zu komponiren. Und wenn es seyn kann, lassen Sie nur die Liebe den Mittelpunkt dieses dritten Romanes seyn.

Eßling. Wie Sie befehlen. – Wider meinen Willen zwingt mich ein holder Mund; allein er darf auch etwas Schmerzliches fordern, und erhält's.

So wäre also in Catanea, von armen Eltern, Fischern, die sich nur dürftig nähren, unser Nicola, schön, kräftig, unternehmend, aufgewachsen. Sein Talent entwickelt sich früh. Er bedarf kaum einer Barke, um weit in die See hinein zu gehn; sein schöner, rüstiger Körper ist ganz wie für das Einverleibtsein mit dem Meere eingerichtet. So, weil er der beste Taucher ist, unterstützt er seine Eltern, indem er ihnen seltne Muscheln, Korallen holt, die sie dann verkaufen. Bald trägt er Briefe über die See. Aber in einer Sommernacht landet er an einer fernen Insel (sei's an Ischia, oder Procida, oder einer der kleinern). Hier lernt er ein Mädchen kennen, von vornehmem Stande, aber verarmt, der Vater ist in der Verbannung, in fernen Landen gestorben, und sie dürfen ebenfalls nicht ihre einsame Insel verlassen, noch weniger aber in Palermo oder Neapel sich sehen lassen. In Liebesgesprächen beim Mondschein, wenn die alte Mutter schon schläft, werden die Herzen des jungen Nicola und der schönen Seraphine einander näher gebracht. Sie erzählt die Schicksale ihrer Familie. Er ist begeistert, weiß sich aber nicht Hülfe und Rath, auf welche Weise er zum Besitze der Liebenswürdigsten ihres Geschlechtes gelangen könnte. Aber jetzt hat er noch weniger Ruhe zu Hause, in der kleinen engen Hütte seiner Familie. Bei jedem Wetter, in den dunkelsten Nächten schwimmt er zur Insel seiner Geliebten hinüber, wie Leander im Alterthum seine Hero nächtlich besuchte, nur daß sein Wasserweg viel weiter ist, als jener, den in unsern Tagen der brittische Dichter von neuem berühmt gemacht hat. Durch diese fortgesetzte Uebung nimmt seine Wunderkraft so zu, daß er bald das Erstaunen und das Mährchen seiner Landsleute wird. Spricht man von einer Unmöglichkeit, so heißt es immer: das kann kein Mensch, aber wohl unser Nicola ausführen. Schiffsführer benutzen ihn, Grafen und Herrn, um Briefe zu besorgen, die sie sonst keinem anvertrauen mögen. Nach einiger Zeit findet er zuweilen einen verdächtigen jungen Mann auf seiner poetischen Insel, welcher ihm den Zugang zur Geliebten erschwert. Bald entdeckt er den stürmischen Jüngling auch in Catanea, er sieht ihn in Palermo, und ohne daß dieser sein Verhältniß zur Geliebten kennt, giebt er ihm Pakete und Briefe, die er einem vornehmen Grafen, nach dessen Landsitze schwimmend, überbringen muß. Endlich, da diese geheime Correspondenz fortgeführt wird, entdeckt ihm in einer stillen Nacht seine vielgeliebte Lucilie –

Lucilie. Wie denn? sie heißt ja Seraphine.

Eßling. Sie lachen mich alle aus, wie ich sehe. Ja, meine Freunde, ein improvisirender Erzähler muß ein ungeheures Gedächtniß haben. Jetzt aber bin ich verlegen geworden. – Also die schöne Lucilie, oder vielmehr Seraphine, wie Sie mit Recht bemerkt haben, entdeckt ihm, daß jener verdächtige junge Mann sein Nebenbuhler sei, der auch schon bei der Mutter um sie angehalten habe. Die alte kränkliche Mutter ist von den Versprechungen des jungen Mannes verblendet worden, denn er verheißt ihr nichts weniger, als die Wiedererlangung aller jener großen Güter, die der Familie schon seit lange von der Regierung sind entzogen worden. Der Jüngling ist ein Verschwörer und Fanatiker. Er ist in einem Bündniß, welches sich im ganzen Lande verbreitet hat. Die Absicht ist, die Regierung zu stürzen, den König zu ermorden, und aus Sizilien eine Republik zu machen, mit Obhut und Vormundschaft eines Herzoges, der alles ordnen, und den mit Unrecht Verbannten ihre Güter zurückgeben werde. – Dem klugen Cola, der sich in nichts verstricken läßt, erscheinen oft in einsamen Nächten, indem er her und zurück schwimmt, wunderbare Erscheinungen, Gottheiten des Meeres oder Dämonen, von denen es einige gut mit ihm meinen, andere aber ihn verderben wollen. So hört er auch einmal den Gesang der sogenannten Sirenen, und ist in Gefahr, von ihnen ergriffen zu werden. Indessen hat jener vornehme Verschwörer seine Geliebte entführen lassen, um sie seinem Nebenbuhler, der ihm wichtige Dienste geleistet hat, auszuliefern. Sie weigert sich, die Gattin des Boshaften zu werden, und wird in einem festen unzugänglichen Thurme verschlossen gehalten. Indessen hat der König, welcher ein sehr gütiger Herr ist, und Wissenschaften und Künste liebt, ein großes Fest veranstaltet. Ein prächtiger Aufzug zu Wasser findet statt; alles ist mit kostbaren Kleidern geschmückt, Musik und Gesang ertönen; er ist in seinem Krönungsmantel mit Krone und Scepter. Da verliert seine Gemahlin ihr kostbares Diadem; es stürzt in die See. Allgemeiner Schreck. Kein Mensch, so sagen Alle, kann es wieder schaffen, als nur der kühne Schwimmer und beste Taucher, Nicola. Man sucht ihn. Er begiebt sich wie spielend in die Tiefe des Meeres, bleibt lange unsichtbar, weil er weit umher suchen muß, und erscheint endlich mit dem Diadem wieder. Nun will ihn der weise König auf eine noch größere Probe stellen. Der Pokal wird in den Sturz der Charybdis geschleudert. Alle entsetzen sich, doch Nicola verspricht, ihn wieder zu suchen, wenn ihm der König, falls es gelingt, eine Bitte gewährt, die er nachher aussprechen will. Der König gewährt, und er springt hinab. Indem alles mit Furcht und Zagen der Wiederkunft des Verwegenen entgegen sieht, kommt die Nachricht von einem Aufruhr in der Provinz. Nur der König verliert seine Fassung nicht: er sendet Boten, giebt die nöthigsten Befehle, ein Feldherr, der zugegen ist, wird gleich den Rebellen entgegen gehen. Nun erscheint Cola mit dem Pokal, allgemeiner Jubel. Er ruht, weil er sehr erschöpft ist, kleidet sich dann an, und setzt sich an die Tafel, neben den König. Nun die Erzählung von den Wundern vom Boden des Meeres, jenen furchtbaren Felsenkammern, den entsetzlichsten Ungeheuern, den Polypen, Seeschlangen, Kraken, Sirenen, wilden Wassermännern, und was man nur will, denn hier hat die Imagination zum Erfinden freien Spielraum. Welche Gefahren kann unser Held da unten nicht bestanden haben! Er ist aufgeregt, und wer wird es ihm verübeln, wenn er hier und da über die Grenze der strengen Wahrheit etwas hinüber schweifen sollte. Einem feinen Kämmerling, der ihn mit einer ironischen Wendung der Lüge und Übertreibung zeihen wollte, sagte er ganz kurz: zieht Euch aus, edler Herr, springt hinab und seht Euch selbst da unten um, kehrt zurück und beschämt mich nachher, wenn Ihr mich auf Unwahrheit betroffen, und wenn Euch die wunderlichen Bewohner jener Wasserkammern freundlich aufgenommen, und mit heiterer Miene entgegen getreten seyn sollten. Während der Tafel kommt die beglückende Nachricht, daß die Rebellen geschlagen und die Rädelsführer gefangen sind, bevor noch der ausgeschickte Feldherr seine Armee hat versammeln können. Und wer hat dieses kühne Unternehmen, diese Heldenthat ausgeführt? Kein anderer, als der Vater Luciliens, von dem die Meinung war, er sei schon längst in der Verbannung gestorben.

Mutter. Wieder Lucilie? die kennen wir nicht.

Eßling. Verzeihung! Der Vater der schönen Seraphine. Nun tritt Nicola mit seiner Bitte hervor, die der König ihm erfüllen muß; sie ist natürlich keine andere, als Seraphine zur Gemahlin zu erhalten. Der Vater, welcher von seiner Frau vorher alle Pläne vernommen hatte, die sich gegen den König entsponnen, hatte eilig ein tapfres Volk zusammengerafft und unvermuthet die Verräther überfallen. Der Greis wird vom dankbaren König in alle seine Würden, in Besitz seiner großen Güter wieder eingesetzt, und der Vielerfahrene, der seitdem mannigfaches Elend erduldet hatte, vermählte nun mit Freuden seine Tochter dem Manne, welchen das Volk nur sprichwörtlich Fisch Cola zu nennen pflegte.

Mutter. Ei, das ist allerliebst! Ja, auf diese Art würde doch Vernunft und Geschick in die uninteressante Geschichte hinein kommen. Was sagen Sie dazu, lieber Florheim?

Florheim. Das Letzte war ganz abgeschmackt. In unsern Zeiten müssen die Rebellen, wenn ein Buch gut seyn soll, immer den Sieg über die Regierung davon tragen. Kann dies aber nicht geschehen, so müssen sie wenigstens als heilige Märtyrer ein so hohes Interesse erregen, daß man mit Thränen die Lektüre beschließt, und auf die siegenden Verfolger der Tugend ein so größerer Haß zurückfällt. So will es das Zeitalter und die vorgeschrittene Bildung.

Mutter. Sie sind unverbesserlich. O Herr Rath Eßling, Sie müssen uns recht oft besuchen; wollen Sie? – Vorzüglich des Abends, wenn wir allein sind. Mich und meine Tochter werden Sie dadurch glücklich machen.

Eßling. Wenn ich nicht versetzt werde, wird es mein höchster Genuß seyn, die Abende in Ihrem häuslichen Kreise zu verleben.

Mutter. Und nicht wahr, Sie könnten, wenn wir Sie bäten, eine solche Geschichte auch wohl weitläuftiger erzählen, so daß sie einen ganzen Abend, vielleicht mehrere ausfüllte?

Eßling. Ich hoffe, wenn ich Sie dadurch unterhielte, wohl so viel Erfindung auftreiben zu können.

Mutter. O Sie sind ein Meister, ein liebenswürdiger Mensch. Wie hübsch, wenn es nun zu einer Entwicklung, oder zu einem gefährlichen Punkt geräth, daß man dann sagen kann: o liebster Freund, lassen Sie jetzt den liebenswürdigen Mann ja nicht umkommen! Stürzen Sie ja das edle Frauenzimmer, bei der ich mich selbst in meiner Jugenderscheinung, oder meine Tochter denken kann, um des Himmels willen nicht so muthwillig ins Unglück! Nicht wahr, Sie erfindungsreicher Mann, bei solchen Stellen würde meine Bitte dann auch eine gute Statt finden?

Eßling. Wenn nicht die poetische Gerechtigkeit –

Mutter. O lassen Sie diese fatale Justiz-Person ja aus dem Spiele, die schon so viele gute Bücher verdorben hat, und immer nur auf Schlachtopfer denkt. Da muß oft ein guter Mann, ein hübsches Mädchen, wenn sie nur einen kleinen Fehler begehen, gleich in ein großes Unglück gerathen. – Nein, nicht wahr? Sie können erzählen, und erlauben mir dann, wenn ich so recht mitten im besten Interesse, oder einer poetischen Angst stecke, die Schicksale dann so oder so zu lenken? Einem so großen Talente, wie das Ihrige ist, ist es ja nur eine Veranlassung, neue und noch größere Schönheiten zu entwickeln. Das ist dann bei weitem angenehmer und erhebender, als die gewöhnlichen Modebücher zu lesen, und man kann sich auch einbilden, mit an der Sache zu arbeiten.

Eßling. Sie haben, verehrte Freunde, eine viel zu gute Meinung von meinem Talent. Es ist, als sollte ich mich auch in den Wirbel stürzen, wie unser Cola. War er aber nicht darin klug, daß er sich, bevor er das Wagestück unternahm, versprechen ließ, daß man ihm eine Bitte erfüllen wolle, an welcher Gewährung sein ganzes Glück hing?

Lucilie. Sprechen wir noch von andern Novellen, oder wahren Begebenheiten. Sie, mein Herr Professor, haben jetzt so lange schweigen müssen, und mich dünkt, Sie wollen uns auch etwas vortragen.

Prof. Ich hatte wirklich noch eine kleine Geschichte zu erzählen, die man nach meiner Einsicht, mit noch größerem Recht, eine Novelle nennen könnte, obgleich sie noch größere Kennzeichen der Wahrheit hat, und durch mehr als eine Autorität bestätigt ist, so daß sie gerade deswegen um so merkwürdiger erscheint, und auch glaubwürdiger, wenn man am Zweifel nicht allzugroße Lust hat.

Lucilie. Ich bin begierig, fangen Sie an.

Prof. Die Sache, von welcher ich sprechen werde, hat sich volle zweihundert Jahre nach jener Begebenheit des Nicola, aus welcher Schiller seinen Taucher bildete, zugetragen. Ein kleiner Ort, Lierganes, liegt nicht weit von Santander. Die Landschaft heißt das Gebirge, erstreckt sich bis an die See, und liegt zwischen Biskaya und Asturien. In der Nähe dieses Lierganes ist auch Santillana, dessen Name bei uns durch den Roman Gil Blas bekannt genug geworden ist. In diesem Lierganes lebte eine arme Familie, der Vater hieß Francesko de la Vega, Maria seine Frau, und ihre vier Söhne: Thomas, der schon Priester war, Joseph, Francesko und Juan.

Der Vater Francesko war gestorben, und der Sohn, der ebenfalls nach ihm Francesko genannt war, zeigte seit seiner frühesten Jugend eine außerordentliche Vorliebe für das Wasser. So oft er konnte, badete und schwamm er in dem kleinen Fluß des Ortes, wieder saß er Stundenlang auf dem Ufer desselben, und war mit Angeln beschäftigt. Dieser Knabe, welcher 1657 geboren war, zeigte keine Lust zu einer andern Beschäftigung, immer wieder traf man den Müssiggänger beim Fluß oder badend und schwimmend im Wasser selbst, so daß die Mutter oft ungeduldig wurde, und weil keine Lehre und Vermahnung an ihm fruchtete, ihm endlich einmal im Zorne ihren Fluch gab und ihm anwünschte, daß er ganz im Wasser leben und dort Wohnung und Aufenthalt finden möge.

Lucilie. Da haben wir gleich im Beginn die ächte Novelle. Phantastisch wird durch diese Verwünschung ein sonderbarer Lebenslauf, oder ein seltsames Schicksal motivirt.

Prof. So ist es. Ich habe noch Niemand gekannt, der das Gefühl verleugnen mochte, ein feierlicher Fluch, vorzüglich der Eltern, sei durchaus ohne alle Wirkung. Möglich, daß das Schicksal jener Wesen, die dies erlitten, für alle mehr Bedeutung erhält; man wird auf sie aufmerksam, und das Unglück, das sie trifft, erscheint dann als die Erfüllung dieser Verwünschung. Es ist nur nicht zu verschweigen, daß viele der Zeitgenossen, und die Mutter nachher selbst, diese mütterliche Verwünschung durchaus haben leugnen wollen. So geschieht es immer. Wie der Aberglaube seine eifrigen Vertheidiger hat, eben so die trockne Vernünftigkeit, und es ist nicht auszumachen, welche von beiden Partheien fanatischer zu Werke geht. Kurz, der Bursche, Francesko, ward, als er fünfzehn Jahr alt war, nach Bilbao gesendet, um bei einem Meister dort das Handwerk des Tischlers zu erlernen. Bilbao ist nicht so gar entfernt von Santander und Lierganes, und war von je wegen seiner vortrefflichen Schwerdter- und Eisenfabriken berühmt. Aber auch hier zeigte sich der junge Lehrling als ein Wasserkünstler. Er badete wieder im Flusse dort, schwamm wieder und war nachlässig in der Arbeit. Er war jetzt fünfzehn Jahr alt, und nachdem er schon zwei Jahre in der Lehre gestanden, war er wieder im Jahre 1674 mit andern jungen Leuten zum Baden und Schwimmen hinausgegangen. Es war mitten im Sommer, der Johannistag. Man erwartete ihn, seine Kleider lagen am Flusse, aber er kam nicht zurück. Man hatte ihn weit hinabschwimmen sehen, er mußte also ertrunken seyn. Dies meldete der Lehrherr, der Tischlermeister, auch seiner Mutter nach Lierganes, und man hielt ihn für todt. – Nun glaubte man, daß der Fluch der Mutter in Erfüllung gegangen sei. Es war aber natürlich, daß die Mutter in ihrer Betrübniß leugnete, daß sie einen solchen Fluch jemals ausgesprochen habe. So vergingen Jahre, die Mutter und die Angehörigen beruhigten sich allgemach; alle, die ihn gekannt hatten, waren von seinem Tode überzeugt, und man dachte seiner nur noch selten.

Fünf Jahre waren verflossen, als sich weit entfernt, am entgegengesetzten äußersten Ende von Spanien etwas Sonderbares zutrug. Im Jahre 1679 zogen einige Fischer von Kadix aus in die See. Sie spannten ihre Netze aus, als sie in der Ferne eine Figur wahrnahmen, die bald erschien, bald wieder nach Willkühr untertauchte, und auf lange im Wasser verschwand. Da der Körper den Fischern als eine menschenähnliche Gestalt vorgekommen war, so machten sie sich weiter in die See hinein, um ihn genauer zu beobachten, oder vielleicht gar zu fangen, aber das Wesen ließ sich an diesem Tage nicht wieder sehen, und sie fuhren um die gewöhnliche Stunde nach Hause. Sie erzählten am Lande von der wunderlichen Erscheinung, die sie gesehen hatten, und am folgenden Tage fuhren sie mit mehr Kähnen aus, um des Gethieres habhaft zu werden. Es zeigte sich auch wirklich wieder, bald näher und bald ferner, tauchte aber nach kurzer Zeit jedesmal schnell wieder unter, und blieb endlich, nachdem es dies Spiel oftmals wiederholt hatte, unsichtbar unten im Wasser. Als die Fischer mit dieser Nachricht wieder zu Lande kamen, wurde die Neugier aller, die davon hörten, noch mehr gespannt, und man sann auf Mittel, wie man des fremden Dinges habhaft werden könne, um seine Art und Weise näher zu untersuchen. Man ward dahin einig, mehr und stärkere Netze mitzunehmen, den Fremden herbei zu locken, indeß andere Kähne ihm von der andern Seite beizukommen suchen sollten. In der Gegend umher wurde schon viel von diesem Wassergespenste gesprochen, und man war sehr begierig, ob man den Räthselhaften näher würde kennen lernen. Er zeigte sich wirklich am dritten Tage wieder, und blieb diesmal mit dem Oberleibe länger über dem Wasser, als an den vorigen Tagen. Die Fischer warfen ihm nun Stücke Brot in das Meer hinaus, die er aufhob und aß; dies schien ihm wohlzugefallen, denn als ihm mehr Stücke entgegen schwammen, kam er unvermerkt immer näher und näher, griff das Brot begierig auf, und verzehrte es mit Wohlbehagen. Das Spiel gefiel ihm so gut, daß er endlich der einen Barke ganz nahe kam, und sich darüber plötzlich in den Netzen verwickelt und gefangen sah.

Man zog ihn freudig in das Schiff, und erstaunte einigermaßen, daß derjenige, welchen man für ein Meer-Ungeheuer gehalten und sich ihn als halben Fisch gedacht hatte, ein vollständiger, gewöhnlicher Mensch war. Vom Fische hatte er nichts, als einige Schuppen am Rückgrat und Kreuze. Man fuhr mit dem Fange an das Land, wo ihn schon viele Neugierige erwarteten. Unter dem Getümmel und dem Geschrei des Volks, unter den freudigen Ausrufungen des Erstaunens, während alle fragten und erzählten, brachte man ihn nach einem Franziskaner-Kloster. Die Mönche und einige angesehene Männer, die dem Eingefangenen gefolgt waren, betrachteten ihn genau, redeten ihn an, erst in der Landessprache, dann in italiänischen, französischen und andern Mundarten, aber der nackte wilde Mensch erwiederte mit keinem Laut, schien die Menschen gar nicht zu verstehn, und trug im Gesicht völlig den Ausdruck des Blödsinnes und der Dummheit. Ein frommer Mönch, welcher es für möglich hielt, daß der Unglückliche von einem bösen Geiste besessen sei, beschwor ihn mit allen, in der römischen Kirche gebräuchlichen Feierlichkeiten, aber auch dieses machte auf den ganz Stumpfsinnigen nicht den geringsten Eindruck. So lebte er verschiedene Tage im Kloster unter den wohlwollenden Mönchen, die ihn nährten und kleideten. Er ließ alles mit sich machen, aber nichts von allem, was er sah und hörte, machte den geringsten Eindruck auf ihn. Auch vornehme Männer besuchten den Unbehülflichen, aber keine Spur war zu entdecken, was oder woher er sei.

Nachdem das Interesse für ihn schon nachgelassen hatte, und er wieder einmal angeredet wurde, ließ er plötzlich und unerwartet den Ausdruck: Lierganes, deutlich vernehmen. Als er dies ausgesprochen hatte, wiederholte er das Wort verschiedene Male. Keiner wußte, was er damit sagen wollte, weil keiner von den Gegenwärtigen jenen kleinen, so weit an der äußersten Grenze des Reichs gelegenen Flecken kannte. Es traf sich aber, daß ein junger Bursche, der als Tagelöhner in Kadix arbeitete, davon hörte, daß der Wassermensch den unverständlichen Ausdruck gebraucht habe, denn in allen Häusern der Stadt wurde dieser Vorfall sogleich bekannt und besprochen. Dieser junge Mensch war selbst aus Lierganes gebürtig, und durch Zufälle so weit in die entgegengesetzte Ecke des Reichs verschlagen worden. Dieser erklärte den Wißbegierigen, wo dieser Ort oben nördlich in der Nähe von Santander und Santillana liege. Man schloß also mit Wahrscheinlichkeit, daß der Eingefangene, indem er nur dieses eine Wort gesprochen habe, aus jenem Flecken seyn möge. Auf diese Entdeckung meldete man dem Don Domingo de la Cantolla, dem Sekretär der Inquisition, welcher ebenfalls aus Lierganes gebürtig war, den sonderbaren Vorfall. Dieser nahm sich der Sache an, und da ihm die Familie des Francesko nicht ganz unbekannt war, so ließ er sich die Umstände jenes Verlornen oder Ertrunkenen genau berichten, und dann der Mutter und den Brüdern schreiben, ob sie seit diesen fünf Jahren vom Verschwundenen Nachricht bekommen, oder irgend eine Spur gefunden hätten. Jene meldeten zurück, er sei durchaus verschollen, und nichts von ihm in Erfahrung zu bringen, man halte ihn allgemein, auch in Bilbao, für ertrunken, man habe, als er dort im Fluß gebadet, und weit in ihm hinab geschwommen sei, seine Spur verloren, und nur seine Kleider seien am Ufer zurückgeblieben.

Dieses meldete hierauf der Sekretär Don Domingo den Mönchen des Franziskaner-Klosters in Kadix, bei denen sich der aufgefundene Wassermann nun schon eine geraume Zeit aufgehalten hatte.

Zu diesem Kloster kam nach verschiedenen Monaten ein Frater, Juan Rosende, der ebenfalls zum Orden der Franziskaner gehörte. Dieser hatte Jerusalem und alle heiligen Orte in Palästina besucht. Dieser machte mit dem scheinbar Blödsinnigen Bekanntschaft, und nahm sich seiner an, er erfuhr seine Geschichte und auch was sich vor Jahren in Lierganes und Bilbao zugetragen hatte, und da dieser Geistliche eine Reise zu Fuß durch ganz Spanien machen wollte, um Almosen für jene heiligen Orte in Palästina zu sammeln, und er es ebenfalls für möglich hielt, daß der Aufgefundene aus Lierganes seyn könne, so nahm er den Stummen und Unverständigen mit sich, als er seine Reise antrat.

Sie machten den Weg durch ganz Spanien zu Fuß, und erst im folgenden Jahre 1680 langten sie in Santander an. Der Mönch kehrte nun von hier mit seinem Gefährten um, um das nicht weit entlegene Lierganes zu besuchen. Ehe man dahin gelangt, führt der Weg über einen ziemlich hohen Berg, hinter welchem, eine Viertelmeile entfernt, der kleine Ort liegt. Als sie auf die Höhe des Berges gekommen waren, von dem man die Aussicht auf die Landschaft unten hat, sagte der Pater zu dem Gefährten: bis jetzt bin ich der Führer gewesen, nun führe Du mich einmal, mein Sohn. Der Stumme, ohne sich zu bedenken, oder viel umzuschauen, führte jenen in den Flecken hinein, und ging grade auf das Haus der Wittwe Maria, seiner vermeintlichen Mutter, zu. So wie diese ihn eintreten sah, lief sie auf ihn zu, und schloß ihn weinend in ihre Arme, indem sie ausrief: ach ja, ja, Du bist mein Sohn Francesko, Du bist der, der mir in Bilbao verloren gegangen ist. Die beiden Brüder, der Geistliche sowohl, wie der jüngere Weltliche, waren auch zugegen; diese erkannten ihn ebenfalls mit freudiger Rührung, sie umarmten ihn, sie fragten, redeten auf ihn ein, und wollten ihn zum Sprechen bringen, wenigstens in ihm Zeichen der Theilnahme erregen; aber dieser so wunderbar wiedergefundene Bruder Francesko blieb nicht nur stumm, sondern auch starr und gefühllos, wie ein Klotz oder ein ehernes Bild. So verließ ihn der umherwandernde Priester dort in Lierganes, im Hause seiner Familie. Man war gezwungen, anzunehmen, daß der Unglückliche durch seinen jahrelangen Aufenthalt im Meer seinen menschlichen Verstand, gewissermaßen sein Gedächtniß eingebüßt, und fast alle Erinnerung aus seinen Jugendjahren verloren habe.

Es ist natürlich, daß die Nachricht von dem wiedergefundenen Francesko sich in der Nachbarschaft verbreitete, und in allen Orten dort großes Aufsehen machte. Geringe und Vornehme kamen herzu, um den wunderbaren Menschen in Augenschein zu nehmen; mancher ließ ihn auf sein Schloß kommen, und unterhielt ihn einige Tage, um ihn zu beobachten. Man untersuchte und beschrieb ihn; glaubwürdige Männer wollten auf dem Rücken und unter dem Nabel Schuppen an ihm gesehen haben, welches andere, die ihn einige Jahre später untersuchten, als Unwahrheit behandelten. Es ist aber möglich, daß diese Kennzeichen, die ihn gewissermaßen den Fischen näher brachten, bei seinem jahrelangen Aufenthalt auf dem festen Lande wieder verschwanden. Er war übrigens sechs Fuß hoch, und nicht mager, aber auch nicht fett und wohlgebaut, sein Haupthaar war röthlich, aber ganz kurz, die Farbe seines Gesichtes weiß, seine Nägel waren ganz verdorben, und wie vom scharfen Salzwasser zerfressen. Schuhe konnte er nicht leiden, er ging durchaus immer baarfuß; wenn man ihm Kleider gab, so trug er sie, geschah es nicht, so ging er mit derselben Gleichgültigkeit ganz nackt. Eben so hielt er es mit den Speisen; was man ihm gab, aß er, es mochte seyn, was es wollte, und zeigte so wenig Vorliebe für dieses oder jenes, als Widerwillen. Ließ man ihn ohne Essen, so forderte er niemals etwas. Zuweilen sprach er ein Wort, wohl mehrere, aber ohne allen Zusammenhang, er meinte auch mit diesen Tönen nichts.

Nach den Orten, welche er kannte, ließ er sich verschicken; so trug er in der Nachbarschaft Briefe hin und her. Hieraus war abzunehmen, obgleich er niemals eine Antwort gab, daß er dergleichen Bestellungen, die ihm gegeben wurden, vollkommen begriff. Er war sogar gewissenhaft in diesen Aufträgen, und die Absender konnten sich auf seine Pünktlichkeit verlassen. Einmal ward er mit einem Briefe von Lierganes nach Santander geschickt. Ein sehr breites Wasser, über welches eine Barke oder Fähre führt, unterbricht den

Weg zwischen diesen beiden Orten. Als er an den Ort kam, wo das Schiff gewöhnlich liegt, um die Wanderer überzusetzen, fand er es nicht. Er stieg also, ohne sich zu besinnen, in das Wasser, und watete und schwamm hindurch. So kam er ganz durchnäßt nach Santander; die Briefe, die er in der Tasche trug, waren ebenfalls naß geworden. Als ihn der Empfänger aber fragte, wodurch dies geschehen sei, antwortete er nichts, und kehrte, ohne ein Wort zu sprechen, wieder nach Lierganes zurück.

Seine Verwandten fielen niemals darauf, ihn wieder einen Beruf suchen oder eine eigentliche Arbeit thun zu lassen, weil er zu allen Dingen unfähig war, und niemals auch nur eine ganz gewöhnliche Anlage verrieth. So, ohne zu sprechen, und, wie es schien, ohne zu denken, lebte er noch neun volle Jahre im Hause seiner Mutter. Man war seiner gewohnt worden, und niemand achtete seiner sonderlich. Mit einemmale war er verschwunden, und niemals hat sich wieder eine Spur von ihm gezeigt. Einige Fischer wollten ein ihm ähnliches Wesen in einem Hafen von Asturien gesehen haben. Doch bestätigte sich diese Nachricht nicht, und kein Mensch hat ihn jemals wieder gesehen. Bei alledem ist es wahrscheinlich, daß er in das Meer zurückgekehrt ist, obgleich er nicht mehr so, wie in seiner frühen Jugend, eine lebhafte Sehnsucht zum Wasser zeigte, weil in diesen zehn Jahren, seit man ihn in Kadix gefunden, er immerdar stumpfsinnig erschien, nichts beachtete, und alles mit kalter Gleichgültigkeit aufnahm.

Lucilie. Seltsam genug. Sie meinten aber, werther Freund, man könne auch diese Begebenheit, diesen isolirten Vorfall, der keine Folgen hat, eine Novelle nennen?

Prof. Vielleicht mit mehr Recht, als sich jetzt manche schlichte oder verwirrte Erzählung dieses Titels bemächtigt. Hier ist das Wunderbare, Unauflösliche grade das Anziehende, welches vielfache Gedanken und Fragen in uns weckt. Daß der Wiedergefundene der Verlorne war, ist von der allerhöchsten Wahrscheinlichkeit: er erkannte sich in seinem Geburtsorte wieder und fand sich zurecht, die eigne Mutter und seine Brüder nahmen ihn beim ersten Anblick als den ihrigen und den verlornen Francesko wieder bei sich auf. Der Blödsinnige konnte zehn Jahre hindurch nicht den Betrüger spielen wollen, weil er keinen Vortheil davon hatte, auch nicht im

Stande war, irgend einen Nutzen aus seiner Lüge zu ziehen. Seine Familie konnte nicht darauf verfallen, dort in der Einsamkeit irgend wen hintergehen zu wollen, da die Ernährung des Thörichten ihnen nur zur Last fiel. Auch waren, die Familie abgerechnet, Zeugnisse für die Aechtheit dieses Francesko von den achtbarsten und von vornehmen Männern vorhanden, so daß diese Begebenheit sich an viele der merkwürdigsten Naturerscheinungen reiht, die zu erklären den Physikern ebenfalls so oft schwierig, selbst unmöglich wird.

Mutter. Wie meinen Sie das? Mir scheint die Sache doch ziemlich einfach.

Prof. Es ist am meisten zu beklagen, daß man an dem gefangenen Wassermenschen fast nur einen unbelebten Klotz aus dem Meere gefischt hatte. Hätte er Erinnerung gehabt, und Sprache und Begriffe wieder gefunden, so wäre es höchst interessant und lehrreich gewesen, von ihm zu erfahren, auf welche Weise er im Meere gelebt habe. Die Taucher können ziemlich lange unter der Fluth seyn, ohne Athem zu holen: ob aber gewisse menschliche Körper die Anlage haben, und diese so weit ausbilden können, viele Stunden hintereinander der Luft zu entbehren, ist nicht leicht anzunehmen. Wie lebte er in der See? Wovon nährte er sich? Wie entging er so lange den mörderischen Thieren des Wassers, daß sie ihn nicht wenigstens beschädigten? Konnte er des Schlafes entbehren, oder, wenn nicht, wo schlief er? Auf dem Grunde des Meeres, oder am Ufer? Sein Verstand, sein Geist, war nicht sowohl zerrüttet, als völlig unthätig und ohne Kraft. War dieser phlegmatische Unhold also wirklich jener vor Jahren verlorne Francesko (wie man anzunehmen beinah gezwungen wird), so ist dieser Mensch noch viel wunderbarer, als jener sogenannte Fisch Nicola, von welchem auch achtbare Schriftsteller so Unglaubliches erzählen.

Mutter. Lieber Herr Eßling, Sie müssen uns einmal in einer heitern Abendstunde diese Geschichte fortsetzen, wie man diesen Francesko nach einigen Jahren unter veränderten Umständen wieder findet. Ich habe mir ausgerechnet, daß er noch nicht viel über dreißig Jahr kann gewesen seyn, als er zum zweiten Male zur See ging und verschwand. Nun können Sie erfinden, daß er seinen Verstand vollständig wieder bekömmt, und so kann er im Meer die seltsamsten Erfahrungen gemacht, die wunderbarsten Dinge erlebt haben. Dieser marinirte Robinson muß sich nun in eine sehr interessante Liebe verwickeln, und dabei muß er in Bildern und Gleichnissen, in Anspielungen und Ausdrücken, niemals die Erinnerung an seine See wieder los werden können. So gäbe dieser Mann einen ganz eignen hübschen und poetischen Charakter.

Eßling*(lachend)*. Die Aufgabe ist nicht uneben, nur sind meine Talente zu schwach. An eine improvisirte Erzählung würden Sie freilich nicht dieselben Ansprüche, wie an eine gedruckte machen.

Mutter. Ich danke Ihnen schon im Voraus. Aber, mein junger Herr Florheim, Sie sind wieder so tiefsinnig. Hat diese Erzählung auch bei Ihnen eigene Gedanken erregt?

Florheim. Ach!

Mutter. Wie?

Florheim. Ich habe gar nicht hin gehört. Wie kann man sich in unsern Zeiten nur noch mit solchen Bagatellen beschäftigen? Was liegt denn daran, wenn zwanzig solcher Lumpen ersaufen, oder auf das Trockne gerathen? Meine Seele ist von ganz andern Bildern und Vorstellungen erfüllt.

Geh. Rath. Ich glaube immer noch, junger Mann, daß Sie krank sind, oder daß binnen kurzem eine schwere Krankheit Ihnen bevorsteht.

Florheim. Meinen Sie? Weil ich jung bin, das Bessere will, und einsehe, daß die alten Gleise so ausgefahren sind, daß weder das muthige Roß, noch der Miethklepper in ihnen fortkommen können? O ja, Sie und Ihres Gleichen, alle diese Alten und im Alten herumkommenden, auch den jüngeren Rath Eßling nicht ausgenommen, Sie alle ergötzen sich an Dichtung, Natur-, Länder- und Völkerkunde, den Klassikern, ob man ein neues Gewürm entdeckt, eine neue Pflanze gefunden, einem Cometen auf die Spur geräth, oder einem bessern Mikroskop, an allen diesen Jämmerlichkeiten zerstreuen Sie sich recht vorsätzlich und mit fast erzwungenem Eifer, um die Gegenwart, das großartige Treiben der jüngern Generation in allen Ländern und auch in Ihrer Nähe des jungen kräftigen Deutschlands ignoriren zu dürfen. Die Angestellten, viele Gelehrte sind beschäftigt, einen Damm gegen diesen daher brausenden Strom aufzurichten. Aber die mächtige Fluth wird mit lautem Hohngelächter ihrer

Millionen Wellen diese ohnmächtigen Schanzen nieder reißen, die das Verjährte und Vermorschte vertheidigen sollen.

Geh. Rath. Junger Mann, Ihren Dithyrambus verstehe ich wohl zum Theil, denn der Verständige wird niemals seine Jugend vergessen. Wir waren ja auch einmal an dieser Stelle oder in diesem Arkadien, wie Sie es vielleicht nennen möchten, und empfingen die Weisheit, die Sie abgeblüht aus der zehnten bekommen, frisch und urkräftig aus der ersten Hand. Damals, als die französische Revolution zuerst begann, zog es wie ein frischer Frühlingshauch über alle Gemüther in Europa hin. Noch hatte das furchtbare Schauspiel sich nicht entwickelt, und eine begeisterte Täuschung war erlaubt, selbst nothwendig. Wir hatten alle an dumpfer Trägheit krank gelegen; aus dieser Nüchternheit, wurden wir durch eine Erscheinung aufgerüttelt, so groß und glänzend, wie sie die Welt bis dahin noch nicht gesehen hatte. Auch drückte die Staaten, den Denker, den Freisinnigen so Vieles, was zum Theil durch Verjährung aus dem Herrlichsten hervorgegangen war, und man ward sich der Fesseln und der möglichen Freiheit bewußt. Wo war ein Talent, ein großes Gemüth, eine eigenthümliche Kraft, die damals nicht vorgeschritten und in jenem Hymnus für die beste Sache laut mit eingestimmt hätte? Ihre Jugend kann es nicht fassen und begreifen, wie damals unsre jungen Herzen erschüttert wurden, und was wir in diesen mächtigen Gefühlen erlebten. –

Aber freilich, als sich die grausame Ironie des Schicksals und die Armseligkeit des Menschengeschlechtes offenbarte, die die Wiedergeburt der Menschheit bewerkstelligen wollten, als man uns unverholen lehrte, um den Fruchtbaum von Raupen zu säubern, müsse man ihn vorerst umhauen, oder mit seiner Wurzel aus der Erde graben und lieber ins Feuer werfen – da erwachte denn auch die Besonnenheit wieder, und erschrak vor diesem fanatischen Despotismus, der sich Freiheit nannte. Wir lernten fühlen, was wir an unserm herrlichen Vaterlande besaßen, was seine Institutionen immer noch bedeuten können, und wie bei uns Fürst und König, trotz menschlicher Gebrechen, trotz ihren Mängeln und mancher Kurzsichtigkeit uns in alter germanischer Weise immer noch väterlich beherrschen. Man sah erst ahndend, dann ward das Gefühl klarer und deutlicher, und wird wohl zum Bewußtsein und politischer Einsicht werden, daß es eine ächte, wahre Freiheit geben könne, die nicht in Worten und aufgeschriebenen Systemen, Ziffern und Charten besteht, sondern als eine heilige, wahrhaft germanische, sich unsichtbar, in religiöser Weihe, in allen Verfassungen melden könne, und den wahren deutschen König als Gewähr und Protektor besitze, um den Unterthan gegen die Anmaßungen eines hochmüthigen Adels, wie gegen den Dünkel frecher Demagogen und eines philosophirenden Pöbels in seinen unantastbaren Rechten zu schirmen.

Florheim. O welche Fülle von leeren Worten! Beweise, Thatsachen! So wie die Welt jetzt steht, muß für das Eindringen des Guten erst Platz gemacht werden. Und das kann nur geschehen, wenn man alles Alte erst unerbittlich niederreißt. Ist nur erst die Lücke da, und kein Widerstand mehr, so kann man erst erfahren, was von dem Neuen gut und richtig ist, und Platz nehmen und wurzeln kann. Ihr trägen, eigennützigen Conservativen, ihr Aristokraten und Feudalisten seid darum so schädlich und bösartig, weil ihr jedes Gute hemmt, euch unbedingt Allem widersetzt, aus Furcht, dies und jenes Veraltete möchte dadurch, daß sich das Neue daran lehnen will, in seiner Schwäche umstürzen. Darum wissen nur die Radikalen, was sie wollen; alle jene Halbheiten von Reformern und Verbesserern sind dem Vaterlande und der Freiheit eben so schädlich, wie die eingefleischten, verstockten Aristokraten. Ja – schädlicher, weil manches schwache Gemüth sich täuschen läßt, wenn jene deutlich redenden Junker keine Verblendung zulassen, und durch ihren Absolutismus den Enthusiasmus des Guten nur vermehren.

Geh. Rath. Und Sie hoffen das Unbegreifliche, was Sie beabsichtigen, auf Ihre Weise, Sie, die Sie sich das junge Deutschland nennen, durchzusetzen?

Florheim. Gewiß, und es wird nur von äußern Umständen abhängen, ob dies früher oder später geschieht. Glauben Sie denn nicht, daß das ewige Schelten auf Alles, was uns entgegen steht, doch endlich wirkt? Man sage den Leuten nur immer wieder und wieder: das ist gut, und jenes schlecht! so glauben es viele schon deswegen, endlich die meisten, und es wird dann eine Gesinnung der Zeit, ein Zeitgeist, dem sich alsdann nur wenige zu widersetzen wagen. Die Mittelmäßigen wollen nicht als solche gelten, sondern als starke, denkende Geister erscheinen, und so sprechen diese dann am lautesten. Haben Sie es nicht bemerkt, wie wir schon in den letzten Jahren dem alten Göthe mitgespielt haben, weil er es sich herausnahm, unser ganzes Wesen und Bestreben gering zu schätzen, und uns zu verachten? Mag er sich vornehm angestellt und zurück gezogen haben, so viel er will, er hat doch gewiß davon etwas erfahren, und es hat ihn gekränkt. Da wir immer thätig und die Parthei der Bewegung sind, so haben wir uns schon der meisten Journale und gelesenen Blätter bemächtigt, wo es nur irgend möglich ist, stiften wir neue, ein unsichtbares und doch offenkundiges Bündnis schlingt sich durch ganz Deutschland. Ohne Verabredung wird jeder Autor, der nicht von unserm Glauben ist, herabgewürdigt, aber auf kluge und sehr verschiedene Weise. Ist er ein neuer Emporkömmling, und er theilt unsern Liberalismus nicht, so wird ganz kurz über ihn, wie über einen völlig talentlosen, der Stab gebrochen. Hat er etwas zu bedeuten, oder genießt er gar einer großen Autorität, so umgeht man seinen Aristokratismus, oder seinen Widerwillen gegen uns, und ironisirt ihn, greift, wenn auch die besten Stellen seines Werkes, mit einiger Bosheit an, als langweilig, unbedeutend, findet die Sache veraltet, und dergleichen. Das schreiben andere in ihren Journalen ab, das kommt in die sogenannten Correspondenz-Artikel, wird als sehr geistreiche Beurtheilung angepriesen: man läßt es sich vielleicht selbst nicht verdrießen, unter fingirtem Namen einen lobenden Auszug da und dorthin zu senden. Sie begreifen, daß über kurz oder lang ein solcher uns feindlich gesinnter Autor in der Meinung des sogenannten Publikums verlieren muß. So heben wir durch lobende und immer wieder lobende Kritik unsre Schüler und Mitgenossen empor, und bringen sie zu Ansehen und Berühmtheit. Und giebt es gar nichts zu loben, giebt das Buch eines solchen zu große Blößen, so preisen wir die herrliche edle Gesinnung an, und an Gesinnung fehlt es dann auch niemals.

Geh. Rath. Ei, mein junger Herr! Sie sprechen das so ganz unverholen aus, als wenn es wirklich etwas Gutes wäre. Mit solchen kleinlichen Sophistenkünsten wollen Sie sich der Zeit bemächtigen? Mit knechtischer Gesinnung wollen Sie das Edelste, die Freiheit erschaffen? O junger Mann, es leidet keinen Zweifel, daß unsre Zeit an kleinen und großen Gebrechen kränkelt und krankt. Zwar sieht unser Deutschland, in den meisten Provinzen, jenem nur noch wenig ähnlich, wie die Revolution in jenem ewig denkwürdigen Jahre auftrat. Zeit, Noth, Schicksal, bessere Ueberzeugung hat vieles Herrliche gestiftet und begründet, was ächte Freiheit ist und weiter erzeuget; edle Fürsten haben selbst vieles herüber genommen, was die ältere Regierung an den Franzosen als bösartige Verirrung glaubte bestrafen und bekriegen zu müssen. Aber zweifeln Sie denn, Jüngling, daß ich alter Mann und alle meines Gleichen nicht Gut und Leben wagen würden, um uns einem schlechten Despotismus entgegen zu stemmen? O ich kenne Eure Gesinnungen und habe wohl gemerkt, wohin Ihr deutelt und vernünftelt. Auch jener große Aufschwung unsers Volkes für die wahre deutsche Freiheit, für die Unabhängigkeit und Sicherheit unserer angeborenen Fürsten, jene Jahre von 1813 und 14, die sich den schönsten vergleichen dürfen, die nur irgend ein Volk und Zeitraum, die die Weltgeschichte aufzuweisen hat, erscheinen Euch auch schon klein und kränklich, ungenügend, fast philisterhaft, obgleich Ihr alle jetzt so laut Redende damals nur noch unmündige Kinder waret. Nur ein Thucydides oder Tacitus, oder ein Johannes Müller mangelt, um diesen Umschwung der Welt mit den richtigen Farben zu malen. Euch dünket jetzt, der Welt-Eroberer wäre doch bald an sich selbst zerschellt, der mächtige Zeitgeist würde ihn gestürzt haben. Ja, dieser hat es damals auch gethan. Man sah durch ihn die ältesten Wunder sich erneuern, die Zeit der Heroen lebte wieder auf. Väter verließen Haus und Hof, Gewerbe und Weib und Kind, die Mutter sah mit Thränen, aber mit erhabner und freudiger Rührung den noch unmündigen Sohn scheiden, der Eigennutz schwieg, selbst Alte drängten sich in die Reihe der begeisterten Krieger, und alle trieb der schönste Freiheitssinn dem Tyrannen entgegen, und der edelste Haß verbrüderte jung und alt, Bauer, Edelmann und Bürger. Wer zurückbleiben mußte, stattete die Andern aus. Und als die Schlachten geschlagen wurden, zeigten sich Weiber, Mütter und Jungfrauen in der Pflege der Kranken und Verwundeten als Heldinnen, und erneuten jene wundersamen Legenden der Vorzeit, wo das zarte Geschlecht mit heroischer Aufopferung sich ebenfalls diesen Diensten unterzog, die wohl eben so viel Muth erfordern, als der Krieger zur Schlacht mitbringen muß. Auch ich ließ damals alles fahren und zog mit hinaus. Mein junger Sohn fiel an meiner Seite. Aber auch das gehört zu den Kennzeichen Eurer Sekte, und es verletzt mein Gefühl am allermeisten, daß Ihr diesem Weltverwüster, der uns Deutsche, wenn ihm Sieg und Glück geblieben wären, vernichtet hätte, eine fast abgöttische Verehrung zollt. Mag er ein Held gewesen seyn: aber jeder deutsche Blutstropfen muß sich gegen ihn empören. Ihr sagt es aber mehr oder weniger deutlich, daß er uns ein goldenes Zeitalter durch die Vernichtung alles Bestehenden würde herauf geführt haben. Als die Freiheit errungen war, geschah zwar Vieles, das jeder Patriot tadeln und beklagen muß, aber das Vaterland, Deutschland, unsre Selbstständigkeit war doch gerettet. Das Hauptsächlichste, worauf Alles ankam, war errungen. Was sich erfüllen konnte in dieser glorreichen Zeit, was verabsäumt ward, worüber wir klagen müssen, das Alles, junger Freund, sind Dinge, von denen bei Euch niemals die Rede ist, weil Ihr sie zum Theil nicht versteht, oder weil Eurer Gemüthsart diese allerhöchsten Gegenstände noch viel zu geringe seyn würden. Wir hatten gewonnen, aber auch Vieles verloren. Im Gefühl dieses Verlustes, der Versäumniß, erzeugte sich bei der hastigen Jugend schon damals eine Unzufriedenheit, die immer lauter und ungestümer wurde. Diese Jünglinge, die Gefahren bestanden, sich kräftig um einen ritterlichen König gesammelt und mit ihm gesiegt hatten, meinten, sie allein seien das Vaterland, sie könnten alles in allem seyn, Klugheit, Politik, Rücksicht seien nicht nur überflüssig, sondern selbst durchaus schädlich. Sie lebten nur und wollten wirken, alles in Hast und Uebereilung, mit purem blanken guten Willen, ohne alle Kenntniß der Umstände und Staaten, ohne Einsicht in die wahren Mängel und Gebrechen. Ihr Enthusiasmus ward bald Chimäre und Fanatismus: er endigte in Thorheit und tadelnswürdige Verbindung; denn das Gute als solches muß sich in einem wirklichen Gegenstande einigen, sich mit diesem und mit Kenntnissen, oft scheinbar oberflächlichen, durchdringen, das Mühsal vielfältiger Arbeit, die Langeweile lästiger Kleinigkeiten nicht scheuen, um das Gute zu bleiben und als Nützliches hervorzutreten. Diese Generation und Jugend hatte aber doch die große Entwickelung erlebt, und sie durch Mitstreiten befördert: sie war fast noch gegen das allerneuste Geschlecht ein praktisches zu nennen. Jetzt aber erhebt sich eine Zunft, die sogar die frühern Schwärmer für kalt und nüchtern erklärt: und – wenn wir die Sache mit ruhiger Unpartheilichkeit ansehn, – wo ist unter den jetzigen Stimmführern ein einziger, der das ausrichten könnte, was damals ein Görres, Arndt, Steffens, selbst ein wundersamer Jahn für die gute Sache thaten? Und so manche andere, die Helden der Schlacht nicht einmal zu nennen? Doch diese sind den Neuesten schon veraltet, und ich fürchte, sie sind ihnen zu patriotisch. Denn was kann denn ihr literarisches Treiben, das eigentlich ohne Gegenstand ist, Großes hervor bringen? Wird sich dies nicht in sich selbst verzehren, und das große Publikum aus Uebersättigung und Ueberdruß den gemachten Enthusiasmus am Ende ignoriren?

Florheim. Nichts weniger, denn, um ganz aufrichtig zu seyn, unsre jetzigen Bestrebungen sind nur interimistisch, sie bereiten nur vor, und füllen eine Lücke aus. Wie von Frankreich jene große Revolution ausgegangen ist, die, wie Sie ganz richtig bemerkten, auch für die andern Staaten wohlthätig gewirkt hat, so wird von dort die ächte Bewegung auch wieder ausgehn, die jetzt nur mit allen Künsten gehemmt und zurückgehalten wird. Mit jener Parthei der Bewegung sind wir von Natur und Ueberzeugung desselben Sinnes, und, da unsre Vorgesetzten unmündig bleiben, so müssen die Franzosen wiederum die Vormundschaft übernehmen, aber kein Napoleon muß dies Amt an sich reißen, nein, ächte, großgesinnte Republikaner müssen es übernehmen. Dann ist, was wir, das junge Deutschland, wollen, autorisirt, wir werden dann mit Macht ausgestattet, und von uns geht die Verjüngung der deutschen Welt aus. Die alten Vorurtheile fallen dann zum zweitenmal, aber auf immer. Was kümmert uns auf unserm hohen Standpunkt der Rhein? Jenes linke Ufer, nach welchem unsre Freunde immerdar hinschauen, mag ihnen wieder werden, die Natur hat es ihnen einmal bestimmt: dafür aber erhalten wir ihre treue Freundschaft, ihren Schutz gegen alle Unterdrückung, und sind Meister bei uns und in der schönsten Freiheit glücklich.

Geh. Rath. Also so ohngefähr ist es gemeint? Nicht genug, daß ein großer Theil von Europa in bejammernswürdiger Verirrung sich zerfleischt, daß Bürgerkrieg, Unglück, Druck, Verfolgung und Tyrannei die schönen Länder verwüstet, Mißtrauen und schwere Schicksale andre Gegenden ins Elend stürzt: – also auch Einheimische giebt es, die in thörichter Verblendung unserm glücklichen Deutschland sein Glück nicht gönnen? O ihr verirrten Jünglinge, wie viel Unheil habt ihr durch eure schnöde Unwissenheit schon über euer Vaterland gebracht! Das Meiste, worüber ihr jetzt klagt, weshalb ihr scheltet, haben ja eures Gleichen, und einige andere thörichten Lehrer auf uns und euch herab gezogen. Sei es, daß man euch zu sehr fürchtet, daß die Regierungen euch zu wichtig nehmen; – aber sollte denn gar nichts geschehen? Wenn solche große Massen, die sich selbst die Erleuchteten nennen, öffentlich allen Gehorsam aufsagen, soll man ihnen nicht zeigen, daß es allerdings noch eine Regierung giebt, die den Unterthan, auch auf harte Weise, das Gehorchen wieder lehren muß? Und diese Gesellschaften, die auf das Ausland hoffen, auf die Vernichtung aller deutschen Kraft, die mit dem Untergange und Verlust von Provinzen die Fremden bestechen, und sich ihrer Tyrannei, trotz aller bittern Erfahrungen, von neuem Preis geben wollen, diese wagt ihr das junge Deutschland zu nennen? Was meint ihr, würden die großartigen wahren deutschen Kaiser, die Hohenstaufen, was ein Carl der Fünfte zu solchem Aberwitz sagen, um ihm keine schlimmere Benennung zu geben? Wenn unser alter biedrer Blücher, der ächte Deutsche, dergleichen von euch hätte hören können, wo hättet ihr wohl den Muth hergenommen, einen seiner treuen Blicke auszuhalten? Doch ist es besser, dergleichen, wie es sich freilich hie und dort deutlicher und versteckter meldet, für Kinderei zu halten; denn wollte der wahre Patriot es irgend wichtig nehmen, so müßte das traurige Zerwürfniß im Staat wie in der Familie noch mehr zunehmen.

Florheim. Freilich muß es das, davon kann ja gar keine Frage mehr seyn. Alles, was Sie Verwirrung und Unheil nennen, muß eben den höchsten Gipfel erreichen, und das wird es auch ganz von selbst, ohne unsre Bemühung. Sie, alter, lieber Herr, verzeihen es mir mit Ihrer Menschenfreundlichkeit gewiß, wenn ich über Sie lächle. Sprechen Sie denn nicht immer und ewig von einer veralteten Politik, von einem veralteten Patriotismus? Was im Jahre 1813 ganz gut seyn mochte, paßt ja natürlich jetzt, nach zwanzig Jahren, nicht mehr auf unsre Zustände. Deutschland ist so gut, wie Frankreich, ein ganz anderes Land geworden. Der neue Geist der Freiheit, wenn er wieder über die Erde schreitet, wird ein ganz andrer, als der vorige seyn. Die Geburt ist eine so gewaltige, daß auch die glühendste Phantasie von ihrer Herrlichkeit noch nicht Riesenform und Prachtglanz träumen kann. Sie und Ihres Gleichen, die erstorben sind in gutgemeinter Tugend, werden gerade nur noch Kraft genug haben, sich auf die gehörige Art zu verwundern, aber die Jugend, sie wird sich alsdann von den ungeheuren Fittigen zu dem Götterpallast der Freiheit hinauf tragen lassen. Und gewiß, selbst ein kalter junger Mann, wie unser Rath Eßling, wird uns alsdann folgen, und unter vorwehendem dreifarbigen Panier die Kämpfe mitstreiten, die die Geburtshelfer des neuen Jahrhunderts seyn müssen.

Eßling. Sprechen wir nicht so unnütze Worte. Nein, mein junger Herr, die Sie alles Talent der Ehrfurcht in sich erstickt, und eben damit das Organ der Freiheit in sich vernichtet haben, bräche eine solche Unglückszeit über unser theures Vaterland herein, so würde ich alsbald das Banner finden, wo ich zu meinem Fürsten stehn müßte. Und glauben Sie, ohnmächtiger Schwärmer, alle Männer meines Alters, und alle Jünglinge, ja wiederum Greise und Bauern, Künstler und Gelehrte, würden wieder, wie damals, dem Schlachtruf und den Tönen folgen, die uns damals begeisterten. Und Mütter, Frauen und Jungfrauen würden von Neuem beweisen, daß frommes Gemüth und deutsche Treue noch nicht ausgestorben sind, oder gar zu den Fabeln gehören.

Lucilie. Gewiß, theurer Rath, da haben Sie wenigstens meine Hand, mit dem heiligsten Versprechen, mich niemals, auch mit keiner Faser meines Gefühls, den ausländischen Schwindlern anzuschließen.

Florheim. Wie, Lucilie, Sie auf der Seite der Rebellen? Ich glaubte, Sie verständen und würdigten meine Gesinnung, Sie wären von demselben Geiste durchdrungen, und würden als künftige Freiheitsheldin Ihre Hand als meine baldige Verlobte, Braut und Gattin, mir feierlich reichen, – und Sie –

Lucilie. Ich begreife nicht, wie Sie mich so falsch haben deuten können. Ich meiner theuersten Liebe untreu werden? Ich hielt bisher Ihre anmaßenden Reden mehr für kindische Eitelkeit, um paradox zu erscheinen, da ich aber sehe, daß es Ihnen Ernst damit ist, erschrecke ich vor dieser kalten Schwärmerei.

Florheim. Kindisch? Dieser Ausdruck – und so löse ich denn, und Sie werden sich darüber nicht wundern, unser Verhältniß. Ich hoffte noch vor Kurzem, Sie würden mir folgen und alles, was ich erstrebe, bewundern; so muß ich aber ohne Ihre Begleitung nach Paris reisen, wo gleichgesinnte Freunde mich erwarten. Ich nehme mein Vermögen mit mir, und verlache nun dort, in fester Sicherheit, die Vernichtung alles dessen, was Sie heilig und unantastbar nennen. (Er geht stolz und siegreich fort.)

Mutter. Sonderbar, – wir leben in einer Zeit, die Dinge zu Tage fördert, die man ehemals mährchenhaft würde genannt haben.

Prof. Dergleichen ist die traurige Novelle unserer Zeit, die neueste Neuigkeit unserer Tage. So wandelt er nun hin, der Arme, und merkt nicht, welche Nüchternheit ihm so dürftig genügt, da er bestimmt war, das unendliche Universum in sich aufzunehmen. Kunst, Poesie, Natur, selbst Geschichte sind für ihn nicht da, und er quält sich ab, aus seiner dürftigen Beschränktheit sich alle diese Herrlichkeiten aufzubauen.

Mutter. Ein sonderbarer Mensch. Ich glaube, er weiß nicht, was er will, und wenn er das einmal erfährt, wird er sehr unglücklich seyn.

Geh. Rath. Sehr wahr. So erging es, aber in einem weit größeren Maße, unserm herrlichen Georg Forster, mit dem sich dieser Aermste auch nicht in der Ferne vergleichen darf.

Prof. Wenn im Faust Gott der Herr vom Mephistopheles so witzig sagt:

Ich habe deines Gleichen nie gehaßt.
Von allen Geistern, die verneinen,
Ist mir der Schalk am wenigsten zur Last; –

so ist es nur zu bedauern, daß bei diesen steifen und ernsthaften Verneinern auch nicht eine Spur von Schalkheit anzutreffen ist, und darum dürfen wir annehmen, daß Gott Vater sie wirklich lästig und verdrüßlich findet, und ihnen keine sonderliche Nachsicht wird angedeihen lassen.

Mutter. Wissen Sie, woran mich der junge Mann wieder erinnert hat? An den Wassermenschen, den Francesko öder wie er heißt. Der hatte auch keine Ruhe, bis er in das Meer gerieth, und nach vier, fünf Jahren fischten sie ihn wieder heraus, und er war ganz dumm geworden, und konnte sich weder an etwas Vernünftiges erinnern, noch war er zu etwas Tüchtigem zu gebrauchen. Wenn es dem armen Florheim nur nicht gerade so ergeht. Aber, Herr Eßling, lieber, guter Mann: es bleibt doch bei unserm Kontrakt, wegen der romantischen Erzählungen?

Eßling. Ich soll mich auch auf ein so unsichres Meer begeben? Wenn ich nun, wie Fisch Nicola, einen Kontrakt machte, und die Bedingung feststellte, daß ich nur, wenn Sie Ihrer schönen Tochter gewährten, mich zu dem Wagestück geschickt und kühn genug finden könnte? Lange liebte ich sie im Stillen, ich glaubte aber, Lucilie habe ihr Herz dem Weltverbeßrer ergeben. Nachher freilich schien es mir – – was sagen Sie, verehrte Mutter?

Mutter. Das wird sich finden.

Eßling. Und Sie, geliebte Lucilie?

Lucilie. Das wird sich finden.

Prof. Und Alles wird sich finden, und so auch das, daß diese Familiengeschichte sich wieder gewissermaßen zu einer Novelle ausbildet.

Über tredition

Eigenes Buch veröffentlichen

tredition wurde 2006 in Hamburg gegründet und hat seither mehrere tausend Buchtitel veröffentlicht. Autoren veröffentlichen in wenigen leichten Schritten gedruckte Bücher, e-Books und audio-Books. tredition hat das Ziel, die beste und fairste Veröffentlichungsmöglichkeit für Autoren zu bieten.

tredition wurde mit der Erkenntnis gegründet, dass nur etwa jedes 200. bei Verlagen eingereichte Manuskript veröffentlicht wird. Dabei hat jedes Buch seinen Markt, also seine Leser. tredition sorgt dafür, dass für jedes Buch die Leserschaft auch erreicht wird.

Im einzigartigen Literatur-Netzwerk von tredition bieten zahlreiche Literatur-Partner (das sind Lektoren, Übersetzer, Hörbuchsprecher und Illustratoren) ihre Dienstleistung an, um Manuskripte zu verbessern oder die Vielfalt zu erhöhen. Autoren vereinbaren direkt mit den Literatur-Partnern die Konditionen ihrer Zusammenarbeit und partizipieren gemeinsam am Erfolg des Buches.

Das gesamte Verlagsprogramm von tredition ist bei allen stationären Buchhandlungen und Online-Buchhändlern wie z. B. Amazon erhältlich. e-Books stehen bei den führenden Online-Portalen (z. B. iBookstore von Apple oder Kindle von Amazon) zum Verkauf.

Einfach leicht ein Buch veröffentlichen: **www.tredition.de**

Eigene Buchreihe oder eigenen Verlag gründen

Seit 2009 bietet tredition sein Verlagskonzept auch als sogenanntes "White-Label" an. Das bedeutet, dass andere Unternehmen, Institutionen und Personen risikofrei und unkompliziert selbst zum Herausgeber von Büchern und Buchreihen unter eigener Marke werden können. tredition übernimmt dabei das komplette Herstellungs- und Distributionsrisiko.

Zahlreiche Zeitschriften-, Zeitungs- und Buchverlage, Universitäten, Forschungseinrichtungen u.v.m. nutzen diese Dienstleistung von tredition, um unter eigener Marke ohne Risiko Bücher zu verlegen.

Alle Informationen im Internet: **www.tredition.de/fuer-verlage**

tredition wurde mit mehreren Innovationspreisen ausgezeichnet, u. a. mit dem Webfuture Award und dem Innovationspreis der Buch Digitale.

tredition ist Mitglied im Börsenverein des Deutschen Buchhandels.

Dieses Werk elektronisch lesen

Dieses Werk ist Teil der Gutenberg-DE Edition DVD. Diese enthält das komplette Archiv des Projekt Gutenberg-DE. Die DVD ist im Internet erhältlich auf **http://gutenbergshop.abc.de**

FSC
www.fsc.org
MIX
Papier | Fördert
gute Waldnutzung
FSC® C083411

Zeitfracht Medien GmbH
Ferdinand-Jühlke-Straße 7
99095 Erfurt, Deutschland
produktsicherheit@kolibri360.de